덜 익은 여름

덜 익은 여름

초 판 1쇄 2025년 08월 05일
초 판 2쇄 2025년 11월 03일

지은이 손예진
펴낸이 류종렬

펴낸곳 미다스북스
본부장 임종익
편집장 이다경, 김가영
디자인 임인영, 윤가희
책임진행 이예나, 김요섭, 안채원, 김은진, 국소리

등록 2001년 3월 21일 제2001-000040호
주소 서울시 마포구 양화로 133 서교타워 711호
전화 02) 322-7802~3
팩스 02) 6007-1845
블로그 http://blog.naver.com/midasbooks
전자주소 midasbooks@hanmail.net
페이스북 https://www.facebook.com/midasbooks425
인스타그램 https://www.instagram.com/midasbooks

© 손예진, 미다스북스 2025, *Printed in Korea*.

ISBN 979-11-7355-344-8 03810

값 17,000원

※ 파본은 구입하신 서점에서 교환해드립니다.
※ 이 책에 실린 모든 콘텐츠는 미다스북스가 저작권자와의 계약에 따라 발행한 것이므로 인용하시거나 참고하실 경우 반드시 본사의 허락을 받으셔야 합니다.

미다스북스는 다음세대에게 필요한 지혜와 교양을 생각합니다.

덜 익은 여름

손예진 소설

추천사

009

프롤로그

청춘으로 돌아간다면 019

새로운 여름의 시작

조금은 행복해지고 싶어서 027

할머니가 남긴 여름 036

익숙하지 않은 온기 040

풀과 꽃은 친구가 되었다 044

천천히 쉬어 가도 괜찮아 049

2장

익어 가는 여름

바람이 지나간 자리 055
나를 잊어버리기 전에 060
이대로 조금만 더 065
비가 멈춘 저녁, 말하지 못한 말들 069
숨결이 닿는 시간 073
처음이 아니었던 처음 076
여름의 한가운데서 080

3장

여름의 끝물

머무는 듯 멀어지는 087

말하지 않아도 괜찮다고 해 주는 사람 092

사이, 그 어딘가 096

마음이 머무는 속도 100

우리는 여름이었다 104

잔향이 머무른 여름 107

느린 빛의 시간 112

멀리서 기다린 시간이 닿는 순간 117

한 글자에 담긴 마음 123

추워질수록 가까워지는 126

낯선 바람에 기대어 130

4장
졸업식

말하지 않아도 마음에 남는 것들이 있다 137

찰나이기에 더 또렷한 142

이름 없는 계절의 끝에서 146

마음에도 계절이 있다면 151

기억이 머무는 방향으로 155

아직 쓰이지 않은 문장처럼 159

달라진 건 마음뿐이었다 164

흩날리는 시간의 가장자리 168

낯선 창가에 머문 바람 173

꿈에서조차 너는 나를 알아봤다 177

기억보다 선명한 순간 180

읽지 않은 말들 185

에필로그

인연이 있다면, 멀리 있어도 다시 만난다 187

추천사

여름방학을 한 달여 앞둔 우리 양덕여중 교정에 더없이 자랑스럽고 기쁜 소식이 전해졌습니다. 바로 손예진 학생이 자신의 이름으로 된 첫 책, 『덜 익은 여름』을 출판한다는 소식이었습니다. 저를 비롯한 모든 선생님과 친구들은 손예진 학생이 이뤄낸 이 놀라운 성취에 아낌없는 박수와 찬사를 보냅니다.

한 권의 책이 세상에 나오기까지 얼마나 많은 고민과 노력, 그리고 인내의 시간이 필요한지를 잘 알기에, 열심히 공부하면서도 틈틈이 자신만의 이야기를 엮어낸 열정과 끈기에 깊은 감동을 받았습니다. 책상에 앉아 원고를 쓰고, 고치고, 다듬어 가는 과정 속에서 겪었을 수많은 어려움을 이겨내고 마침내 '작가'라는 이름으로 우뚝 선 모습이 대견하고 자랑스럽습니다.

손예진 학생의 책은 단순히 글자들의 묶음이 아닙니다. 그것은 세상을 향한 가슴속의 진솔한 목소리이며, 자신만의 시선으로 세상을 바라보고 해석한 소중한 결과물입니다. 푸른 여름방학을 배경으로, 청소년 시기의 복잡한 감정과 관계 속에서 '시은'과 '도현'이라는 두 주인공이 성장해 가는 이야기는, 지금 비슷한 시간을 보내고 있는 많은 학우들에게 깊은 공감과 따뜻한 위로를 선사할 것입니다. 한여름의 태양이 뜨거울수록 바람과 비를 엮어 초록을 담아내고, 주변과의 비교보다는 자신만의 속도로 세상을 향해 팔 벌려 자라는 꽃과 나무의 모습이 '시은'과 '도현'의 그것과 닮아 있다고 느껴집니다.

이번 책 출판은 손예진 학생 개인의 영광일 뿐만 아니라, 우리 양덕여중 모든 구성원에게 큰 기쁨과 자부심을 안겨주었습니다. "나도 할 수 있다."라는 희망의 메시지를 온몸으로 보여 준 손예진 학생은 대한민국 청소년들에게 더없이 좋은 귀감이 될 것입니다.

사랑하는 손예진 학생,

이번의 성취가 끝이 아닌 새로운 시작이 되기를 바랍니다. 작가로서 내디딘 첫걸음을 소중히 여기고, 앞으로도 세상을 향한 따뜻한 시선과 날카로운 통찰을 잃지 않는 사람으로 성장해 나가기를 응원하겠습니다. 학교는 언제나 손예진 학생의 든든한 버팀목이 되어 줄 것입니다.

다시 한번 책 출판을 진심으로 축하하며, 앞날에 무한한 가능성과 빛나는 영광이 함께하기를 기원합니다.

구경모 양덕여자중학교 교장

한여름 밤 무더위 속에서 잠 못 이룰 때 살며시 눈을 감고, 지나온 청춘을 떠올리게 하는 작품이다. 나이를 먹을수록 '램프 요정이 한가지 소원을 말하라'고 하면 단연코 '젊음'이라고 이야기할 만큼 '청춘', '젊음'의 소중함을 절실히 깨닫는 순간, 순간들. 이 책은 정신적 젊음을 느끼게 해준다. 지친 현대인들이 순수했던 과거로 잠시 머물게 해주는 책이어서 차 한 잔과 함께 즐기면서 읽기를 바란다. 시간을 되돌릴 순 없지만 나의 성장기를 떠올릴 수 있는 순수한 책이라 적극 추천한다.

김행임 삼현여자고등학교 교사

덜 익은 여름, 덜 익은 어른.
여름은 어른이 되어 가는 계절입니다.

누구나 한 번쯤은, 아직 다 익지 않은 청포도처럼
시고 떫은 인생 맛을 본 적이 있을 겁니다.

추천사

조금은 서툴고, 조금은 미숙한 시절을 거쳐야
비로소 달콤한 맛을 알 수 있지요.

퇴근길 〈반딧불〉 노래를 들으며
"나는 특별하지 않아도 빛나는 존재"임을 깨달았던 것처럼,
이 소설의 주인공들도 덜 익은 여름의 한가운데에서
자신의 행복을 찾아갑니다.

사실, 덜 익었다는 건 아직 가능성이 남아 있다는 뜻입니다.
조금 더 기다리면, 조금 더 경험하면
우리는 분명 더 단단해지고, 더 깊어집니다.

덜 익은 그 순간에도, 우리는 충분히 소중하고
누구보다 빛나는 존재임을 이 소설은 조용히 이야기합니다.

『덜 익은 여름』은
어른이 되어 가는 길목에서 느끼는 두려움과 기대,
서툴러서 더 아름다운 성장의 순간들을

따뜻한 시선으로 담아냅니다.

이 책을 읽는 모든 청소년과 어른들에게
덜 익은 여름이 주는 설렘과 용기를
함께 느껴 보시길 바랍니다.

도정미 『떡볶이 팔면서 인생을 배웁니다』 저자

이 책의 저자가 중학생이라는 말을 듣고 처음엔 살짝 의심했습니다.

어떻게 이렇게 섬세하고 단단한 문장을 쓰지?
삶을 깊이 느끼고 바라본 흔적이 가득한 『덜 익은 여름』은 여름날의 감정과 생각, 성장과 고민이 필름처럼 담겨 있습니다.

나의 어린 시절을 떠올리게 되고,
지금 내 삶도 한번 들여다보게 됩니다.

청춘을 위한 책에 그치지 않고,
청춘을 지나온 모든 사람들에게 유효한 책.

각자의 여름을 지나고 있는 모두와 나누고 싶은 멋진 소설입니다.

강유정 『마흔, 라벨 떼고 다시 시작』 저자

『덜 익은 여름』 그 계절은 참 특별합니다.
뜨거운 햇살 아래 있지만 아직 완전히 무르익지 않아,
그래서 더욱 싱그럽고 가능성으로 가득 차 있습니다.

지금 이 순간, 조금은 서툴고 어쩌면 흔들릴 수도 있지만, 바로 그 불완전함이 가장 빛나는 순간임을 잊지 않으셨으면 합니다. 완벽함을 기다리기보다, 지금의 불완전함 속에서 충분히 아름답고 의미 있는 하루하루를 쌓아 가고 계시니까요.

사람들은 종종 결과로만 평가하지만, 진짜 중요한 것은 과정 속에서 어떤 온도로 살아가느냐 하는 점입니다. 아직 익어 가는 중이시기에, 조금 더 자유롭게, 조금 더 용감하게 꿈을 펼치실 수 있는 분이십니다. 덜 익었기에 더 많이 배우실 수 있고, 덜 익었기에 더 멀리 나아가실 수 있습니다.

여름이 완전히 무르익었을 때, 그때의 불완전함이 얼마나 소중했는지를 알게 되실 겁니다. 덜 익은 여름, 그 계절을 충분히 만끽하시며 가볍게도, 때로는 뜨겁게도 걸어가시길 진심으로 응원합니다.

지금의 여러분은 이미 충분히 빛나고 계시며, 앞으로 더 찬란하게 익어 가실 것입니다.

장윤주 『그녀들의 새벽 해방』 저자

"너무나 아름다운 청춘입니다."

『덜 익은 여름』은 중학생의 시선으로 삶에 대한 고민과 힘겨움을 주변 세상과 소통하면서 '나'를 알아가는 한 소녀의 성장 일기입니다. 이 책을 읽는 동안 마음 한구석에서 올라오는 울컥하는 이 감정이 무엇인지 모르겠습니다. 바쁘게만 살았던 우리 일상을 한걸음 멈추게 하고 나를 돌아볼 수 있게 하는 책입니다.

"그대에게 여름은 어떤 계절인가요?" 물음에 선뜻 대답하지 못하는 1인입니다. 나에게 여름은 어떤 계절일까? 너무 더워서 빨리 지나갔으면 하는 계절? 초록초록한 자연을 마음껏 누릴 수 있는 계절? 고3 아들을 둔 부모로서 수능 준비의 마지막 보루가 될 수 있는 계절? 이 책을 계기로 세상과 소통할 수 있는 마음의 여유와 시간을 가지고 손예진 작가의 시선처럼 '성장의 시간'을 가져보려 합니다.

누군가의 뜨거운 여름이, 누군가에겐 따뜻한 위로가 됩니다. 잊고 지낸 소중한 감정들을 다시 떠올리고 싶은 모든 이에게, 이 책을 진심으로 추천합니다.

정남영 수험생 학부모

프롤로그

청춘으로 돌아간다면

당신에게 여름은 어떤 계절인가?

어느 시인의 말처럼,

여름은 어른이 되어 가는 계절이라는 생각을 해본다.

나는 이번 여름방학을 선행학습이 아닌,

진짜 '성장'의 시간으로 보내고 싶었다.

청춘으로 돌아간다면 가장 먼저 무엇을 하고 싶을까?

야간 자율학습 대신,
아이스 초콜릿 한 잔을 들고 밤하늘을 바라보고 싶었다.
학교가 끝난 뒤 학원을 다녀오면 이미 밤이 깊어 갔다.
별 대신 아파트 베란다의 불빛을 바라보며 집으로 향했다.
'오늘 나는 뭘 한 걸까?' 문득 허전한 마음이 들어
무인카페에 들러 아이스 초콜릿 한 잔을 뽑았다.
차르르 문종이 울리고, 얼음이 사르르 떨어졌다.
오늘의 나에게 주는 작은 선물.
그저 아이스 초콜릿 한 잔만이
내 마음을 알아주는 것 같았다.

"책 좀 읽어라. 조금만 더 하면 행복해질 수 있어."
엄마의 말에, 나는 오늘도 열심히 달려왔다.
학교와 학원을 오가며 자정이 다 되도록 애쓰지만
'잘했다'라는 말보다 '조금만 더'라는 말이 더 자주 들려왔다.
학원에 가기 전, 허겁지겁 빵을 먹었지만
몇 시간이 지나도 답답함은 쉽게 가시지 않았다.
이번 시험만 잘 보면 좋은 대학,

프롤로그

행복한 미래가 기다린다는 주문을 외우며 버텼던 밤들.
하지만 오늘은 유난히 버티기 힘든 밤이다.
아이스 초콜릿을 한 모금 마시고 집으로 걸어오며
깜깜한 하늘을 올려다보았다.
"오늘은 별도 없네." 하늘을 탓하던 그때,
잠깐 반짝였다가 사라지는 별 하나를 보았다.
"어디 갔지? 주변이 너무 밝아서 안 보이는 건가?"
더 어두운 곳을 찾아 뛰어가 보았지만,
별은 다시 나타나지 않았다.

혹시 행복도 그렇게 반짝였다가 이내 사라지는 건 아닐까
불안해지기 시작했다.
정말 이대로만 하면 행복한 곳에 닿을 수 있는 걸까?
누구에게라도 묻고 싶었지만,
돌아올 대답이 '공부만 잘하면 된다'일 것 같아
차마 물어볼 용기가 나지 않았다.

그래서, 한 번은 용기를 내어 집에 오자마자

글을 쓰기 시작했다.

혹시라도 행복이 별처럼, 갑자기 찾아왔다가 사라질까 봐

그 순간을 기록해 두고 싶었다.

주변이 너무 밝아 다들 행복해 보이지만,

나 역시 행복해야만 할 것 같은 압박 속에서

'청춘'이라는 단어가 사라지기 전에

지금 이 순간을 남기기로 했다.

저 멀리 있는 별만 바라보며 달려가는 건 아닐까.

내가 서 있는 이 자리에서 별을 찾기보다,

멀리 있는 것이 더 멋져 보일 때가 많다.

해를 보는 시간보다 별을 보는 시간이 많아지고,

행복은 점점 더 아득하게 느껴진다.

좋은 대학, 좋은 직장만이 행복의 조건이 되어 버린 세상.

학생이라는 이름이, 공부만 해야 하는 미성년자의

직업이 되어 버린 현실이 안타깝기만 하다.

지금 이 글을 읽는 우리는, 이미 충분히 잘하고 있어.
잠깐 멈춰 서서 하늘을 올려다보는 그 순간에도,

프롤로그

내일을 위해 묵묵히 걷고 있는 우리의 모습은
누군가에게 분명히 반짝이는 별이야.
공부가 전부가 아니라는 걸 아직은 누구도 말해 주지 않지만,
우리는 나답게 살아갈 수 있어.
이 여름이 끝나고 나면,
우리는 지금보다 훨씬 더 단단해져 있을 거야.
그러니 괜찮아. 천천히, 우리의 속도로 걸어가도 돼.

세상은 넓고 아름다운데 학업에만 몰두하느라
그 세상을 들여다보지 못하는 것은 얼마나 아쉬운 일인가.
공부를 잘해야만 인정받는 사회. 학업 스트레스에 짓눌려
힘들어하는 친구들이 우리 주위에는 생각보다 훨씬 많다.
어른이 되기 전에, 학생만이 할 수 있는 많은 일들을
충분히 해 보고 진짜 어른으로 성장한다면,
청춘을 그리워하지 않을 수 있을까?

청춘을 느끼고, 더 많은 경험을 해 보는 것.
하고 싶은 것을 충분히 해 보는 것.

청춘이라는 이름 아래,

진짜 주인공이 되어 보는 것.

청춘으로 돌아간다면,

이 모든 것을 더 충분히 해 보길 바라는 마음으로

이 글을 시작한다.

조금은 행복해지고 싶어서

할머니가 남긴 여름

익숙하지 않은 온기

풀과 꽃은 친구가 되었다

천천히 쉬어 가도 괜찮아

1장

새로운 여름의 시작

1장 새로운 여름의 시작

조금은 행복해지고 싶어서

7월. 불어오는 바람마저 뜨겁게 느껴지는 여름의 시작.

나는 찬란한 열아홉의 청춘을 마음껏 누리고 싶었지만, 현실은 학교와 학원의 반복뿐이었다. 찬란함은커녕, 내 하루는 점점 회색빛으로 바래갔다.

도시에서의 하루는 숨 쉴 틈 없이 지나갔다.

정해진 시간표대로 움직이고, 잠깐의 여유도 죄책감이 되었다.

아무것도 하지 않는 순간조차 뭔가 해야만 할 것 같은 압박에 시달렸다.

그런 일상이 반복될수록 마음은 점점 납작해지고, 감정은 마치 책상 서랍 속에 깊숙이 접혀 들어갔다.

그래서 나는, 떠나고 싶었다.

도망이 아니라, 잠시 멈추고 싶었다.

누구에게도 설명하지 않아도 될 휴식이었으면 했다.

매일 같은 말만 반복하는 교실이 아닌, 나 자신에게 솔직해질 수 있는 공간을 찾고 싶었다.

하늘이 낮게 내려앉고, 바람이 살갗에 닿는 그곳으로.

내 모든 것을 이해하지 않아도 좋다. 그저 있는 그대로의 나를 받아들여 주는 곳이면 좋겠다고 생각했다.

무엇을 하고 싶은지조차 알 수 없어, 마음이 점점 어두워졌다.

그냥, 열아홉. 지금, 이 나이에만 할 수 있는 것들을 다 해보고 싶었다.

어른이 되면 못 할 것들. 친구와 떡볶이 한 그릇 앞에 두고 수다 떨기, 캐릭터 필통에 색색의 볼펜을 꽂아 쓰기, 다양한

스티커로 다이어리를 꾸미기, 친구들과 네 컷 사진을 찍어 방에 붙여두기. 그런 소소한 하루를 보내고 싶었다.

하지만 나는 네모난 건물 안, 네모난 창문 속에서 각진 하루를 살아가고 있었다.

회색 공간에 갇혀 점점 지쳐갔고, 마치 액자에 끼워진 사진처럼 내 모습도 굳어져 갔다.

고등학생이 되면 청춘의 낭만을 느낄 줄 알았지만, 해가 뜨기 전에 집을 나서고, 달이 뜰 때 돌아오기를 반복했다.

네모난 책상 앞에서 공부만 하는 게 과연 청춘일까.

나는 스스로에게 묻게 되었다.

누군가는 이마저도 청춘이라 말하겠지만, 내가 꿈꾸는 청춘은 선선한 바람에 흔들리는 초록 나무를 바라보며 맑은 공기 속에서 한숨을 쉬어도 웃음이 나는 것이었다.

아랫집 눈치 보지 않고 마음껏 뛰어놀 수 있는 그런 곳.

푸르른 자연 속에서 맑은 공기를 마시고 내 나이에 걸맞게 마음껏 뛰어놀고 싶다는 바람이 왜 이렇게 어려운 일일까.

어른들은 왜 공부만 하라고 말하고, 자신의 미래도 아닌 내 미래를 더 소중히 여기는 걸까.

'나는 하루하루를 잊지 못할 만큼 행복하게 살고 싶은데.'
많은 걸 바라는 게 아니었다.

진심으로 쉴 수 있는, 자연을 느낄 수 있는 공간이 필요했다.

마침내 방학이 시작됐지만, 아침부터 학원에 가야 한다는 말에 더는 참을 수 없었다.

이곳에선 도저히 못 살겠다고 엄마에게 떼를 썼다.

엄마는 잠시 말이 없더니, "이사는 어렵지만, 잠깐만 기다려 보자."라고 했다.

결국, 엄마는 할머니가 살던 시골집에서 여름방학을 보내자고 제안했다.

완벽한 해결책은 아니었지만, 지금 당장 이곳을 벗어날 수만 있다면 충분했다.

운 좋게도 학교는 건물 공사로 두 달 동안 방학이었다.

나는 곧 시골로 떠날 준비를 하며 설렘에 잠들었다.

아침 일찍 일어나 엄마와 함께 기차역까지 걸어가며 오랜만에 많은 이야기를 나눴다.

하고 싶은 말로 가득한 길. 힘든 줄도 모르고 걷다 보니 어느새 기차역에 도착했다.

기차에 오르자마자 바나나우유를 마셨고, 플랫폼을 떠나는 소리에 속으로 환호했다.

이른 아침부터 움직인 탓에 창밖을 구경하기도 전에 스르륵 잠자리에 들었다.

몇 시간을 달려 도착한 간이역, 문이 열리자 바깥 공기가 한꺼번에 들이쳤다.

도시의 매캐함은 사라지고, 코 끝엔 구수한 흙 냄새와 짭조롬한 바다 냄새가 뒤섞인 바람이 깊게 스며들었다.

"우와." 나도 모르게 튀어나온 감탄은 억지로 참을 수 있는 종류가 아니었다.

나는 플랫폼을 이리저리 뛰었다. 아무도 눈치를 주지 않았다.

처음 만나는 풍경인데, 이상하게 낯설지가 않았다.

공기마저 선명했고, 숨이 오래 머물 만큼 맑았다.

흙 내음, 푸르른 생명력, 무엇보다 엄마의 잔소리마저 이제는 그저 바람 소리처럼 스쳐 지나갔다.

저 멀리 큰 산을 비추는 주황빛 태양, 굴뚝에서 피어오르는 뿌연 연기, 바람에 흔들리는 초록 나무, 햇볕을 받으며 일광욕 중인 노란 고양이.

그 평화로운 풍경 속에서 나는 조금 더, 더 오래 행복하고 싶었다.

마을은 넓은 들판과 우뚝한 산에 둘러싸여, 도시에서는 느낄 수 없는 고요함과 따뜻함이 감돌았다.

두 눈을 천천히 깜빡이고 한 걸음 내디디고서야 진짜 내가 꿈꾸던 곳에 왔다는 걸 실감했다.

가고 싶던 대학에 견학 갔을 때보다 훨씬 설레었고, '두 달 남짓, 이곳에서 후회 없이 지내 보자.' 그렇게 마음을 다잡았다.

우리가 머물 집은 빨간 벽돌로 지어진 예쁜 단층 주택이었다.

넓은 마당과 작은 텃밭이 함께 있고, 기차역에서 15분쯤 걸으면 도착할 수 있었다.

집에서는 주황빛 노을도 한눈에 들어왔다.

엄마와 나는 바닥을 닦고, 생필품을 정리했다.

"앞으로 이 집이 우리 집이야." 엄마의 말을 듣고는 마치 새 친구를 소개받은 것처럼, 이 집과 처음으로 속으로 인사했다.

이번 여름, 나를 다시 피워 내 보자.

시간에 쫓기지 않고, 기대에 눌리지 않고 진짜 내가 어떤 사람인지 처음부터 다시 시작해 보고 싶었다.

해가 느릿하게 산 너머로 사라질 무렵, 나는 엄마와 함께 마을을 걸었다.

엄마는 이곳에 사는 사람들 이야기를 해 줬다.

자연 속에서 살아가는 할아버지, 할머니들. 순수하면서도 다정한 아이들.

그리고 이 마을을 지키기 위해 개발에 반대한 청년 농부들까지.

그들이 아니었다면, 나는 여전히 도시 어딘가에서 짜증을 내며 방 안에만 박혀 있었을지도 모른다.

고맙다는 말을, 꼭 전하고 싶었다.

마트는 집에서 7분 거리였다. 엄마와 수박을 사 와 마당 정자에 앉아 함께 먹었다.

좋아하는 사람과, 원하던 장소에서, 완벽한 풍경을 앞에 두고 먹는 수박 한 조각.

내 인생에서 가장 달콤한 맛이었다.

행복이 100%에 가까워졌을 무렵,

집 앞에서 강아지 짖는 소리가 들렸다.

엄마는 먹던 수박을 내려두고 뛰어나가 "마루야!" 하고 강아지를 끌어안았다.

마루는 엄마가 어릴 적 키웠던 강아지 '두리'의 딸이었다. 처음 보는 나에게도 다가와,

내 무릎에 기대듯 앉은 마루의 털을 조심스레 쓰다듬었다.

그 체온에 마음이 느긋해졌다.

모든 일이 잘 풀릴 것 같은 예감이 들었다.

마루는 곧 마을 회관 쪽으로 천천히 걸어갔다.

아쉬웠지만, 마루가 이 마을에서 많은 사랑을 받기를 바라며 보내줬다.

수박을 다 먹고 방을 정리했다.

엄마는 작은방을 쓰겠다며, "이왕 온 거, 네가 하고 싶은 거 마음껏 해."라고 말했다.

넓은 공간에서 마음껏 쉴 수 있다는 사실만으로도 오늘은 정말 행복한 하루였다.

앞으로의 여름도 이렇게만 흘러가길 바랐다.

밤이 되자, 시골의 고즈넉함과 노란빛 조명 너머로 검은 하늘에 밝은 별이 떠 있었다.

도시에서는 볼 수 없던, 내가 그렇게 보고 싶었던 별이었다.

늘 있었지만, 도시의 밝은 불빛 아래선 볼 수 없었던 그 별.

달빛이 너무 밝으면 별빛은 희미해진다는 걸 이곳에서야 비로소 알게 되었다.

그렇게 조용히 잠들어 있던 나의 이야기가 고요함 속에서 천천히 깨어났다.

조금은 행복해지고 싶었던 마음이 결국, 나를 이곳으로 데려다준 것이다.

할머니가 남긴 여름

빨간 벽돌집의 구석구석을 천천히 둘러보다가, 마루 옆 작은 방문을 열었다.

어두운 방 안, 햇살이 살짝 스며드는 창가에 낡은 서랍장이 있었다.

서랍 손잡이는 누렇게 빛이 바래 있었고, 표면엔 나뭇결을 따라 생긴 작은 흠집들이 오랜

   시간을 말해 주는 듯했다.

처음엔 손이 쉽게 가지 않았다.

하지만 문득, '할머니도 여기에 앉아 창밖을 바라봤을까' 하는 생각이 들자 조심스럽게 손잡이를 당겼다.

서랍 속에는 접힌 손수건 몇 장, 빛이 바랜 사진 한 장, 그리고 작은 노트 한 권이 들어 있었다.

나는 천천히 노트를 펼쳤다.

노트의 첫 장에는 삐뚤빼뚤한 글씨체로 이렇게 적혀 있었다.

"여름, 손녀가 오면 함께 심을 고추 모종 잊지 말기."

나는 그 문장을 몇 번이고 되뇌었다.

노트 한 장, 문장 하나만으로도 누군가가 나를 오래 기다렸다는 사실이 마음 깊은 곳을 건드렸다.

종이 위의 낡은 글씨보다 더 짙은 마음이 느껴졌다.

손녀.

나를 말하는 걸까.

아직 한 번도 마주하지 못한 얼굴인데, 할머니는 이미 마음속에서 나를 기다리고 있었던 걸까.

그 아래엔 날짜 없이 적힌 짧은 메모들이 이어졌다.

텃밭에 깻잎이 잘 자란다. 시은이 오면 따 줘야지.

고양이 밥 챙기기. 손녀는 동물을 좋아한다고 했다.

나는 입을 다물지 못한 채 그 자리에서 한참을 서 있었다.

페이지마다 할머니가 내게 전하려던 말들이 쌓여 있었다.

이름도, 얼굴도 낯선 사이인데.

어쩌면 마음은 오래전부터 이어져 있었던 것 같았다.

사진은 젊은 시절의 할머니로 보였다.

머리카락을 단정히 틀어 올리고, 흰 셔츠에 진한 원피스를 입은 모습.

그 옆에는 지금의 엄마처럼 보이는 소녀가 활짝 웃고 있었다.

바람이 스르륵 불어와 창문이 살짝 흔들렸고, 그 바람에 노트의 페이지가 넘어갔다.

그 바람엔, 말없이 건네는 누군가의 오래된 인사가 묻어 있었다.

나는 할머니가 남긴 노트를 조심스럽게 닫고, 품에 꼭 안았다.

'처음 만났지만, 오래 기다려준 사람에게 인사하는 기분.'

이상하게도 마음이 편안해졌다.

그날 이후로, 나는 하루에 한 번씩 꼭 그 서랍을 열어 보기로 했다.

나는 천천히 마당으로 향했다.

할머니가 바라보던 나무와, 앉았을지도 모를 그 돌담 끝에 섰다.

세월은 흐르지만, 마음은 그 자리에 머물러 있었던 것 같았다.

익숙하지 않은 온기

시골에서의 첫날밤, 이불 없이도 포근하게 잠들었다.

아침은 알람 소리 대신 매미 소리에 눈을 떴다. 후덥지근한 방 안, 햇살을 받아 연한 고동색으로 빛나는 나무 한 그루가 창밖에 서 있었다.

나무에 붙어 울어대는 매미 소리가 얼마나 컸던지, 잉잉대는 소리에 자연스럽게 잠이 깼다.

아파트였다면 어디선가 들리는 공사 소음에 짜증이 났겠

지만,

문을 열자 논두렁과 먼 산이 한눈에 들어왔다.

매미 소리마저도 이곳에서는 기분 좋게 들렸다.

시계를 보니 7시 25분. 예전 같았으면 지각이라며 허둥지둥 일어났을 텐데,

'아, 여긴 시골이지.' 피식 웃으며 천천히 몸을 일으켰다.

이불을 개고 베개를 가지런히 놓는 것만으로도 뭔가 해낸 듯 뿌듯했다.

연두색 슬리퍼를 신고 마당으로 나왔다.

스펀지 신발이 황토를 밟을 때마다 '픽픽' 소리가 났다. 여기서는 신발 소리마저 새롭게 들렸다.

매미 소리가 잦아들자 차 소리도, 사람 소리도 없이 오직 바람 소리만이 마당을 스쳤다.

도시의 분주한 아침과 달리, 이곳의 아침은 고요하고 평화로웠다.

매미 울음, 새들의 지저귐 모두 영화 속 한 장면처럼 느껴졌다.

그때 우리 집 대문으로 머리가 희끗희끗한 할아버지가 들어오셨다.

나는 머쓱하게 먼저 인사를 건넸다.

"안녕하세요."

"어, 혹시 여기에 원래 살던 아이니?"

"아니요, 어제 왔어요. 방학 동안 잠시 지내려고요."

"아, 그럼 네가 시은이구나."

할아버지는 내 이름을 알고 계셨다.

"저를 어떻게 아세요?"

"네 할머니께 네 얘기를 많이 들었지. 몇 년 전엔 중학생이라더니, 이제 고등학생이구나."

나는 할머니를 한 번도 직접 만나본 적 없었는데, 할머니가 나에 대해 이렇게 잘 알고 계셨다는 사실이 신기했다.

"응, 앞으로 자주 보자."

"네, 안녕히 가세요."

처음 만난 할아버지와 인사를 나누고 엄마 얼굴을 바라봤다.

할머니에 관해 묻고 싶었지만, 좋은 아침에 무거운 이야기를 꺼내기 망설여졌다.

엄마는 부엌으로 들어가 밥을 하기 시작했다.

30분쯤 지나자 구수한 냄새가 집 안을 가득 채웠다.

된장찌개, 쌀밥, 고등어구이. 소박하지만 정성 가득한 밥상이 차려졌다.

화려한 꽃무늬 양은 밥상 위에 놓인 밥과 찌개,

그리고 창밖으로 펼쳐진 하늘과 산, 밭에서 일하는 농부 아저씨들까지

모든 풍경이 한 폭의 그림 같았다.

오늘 아침, 좋은 시절과 아름다운 경치는 바로 이곳에 있었다.

풀과 꽃은 친구가 되었다

꽃은 짧게 피지만, 그 아름다움은 누군가에겐 영원히 기억된다.

지금 이 짧은 순간이 내게도 오래도록 남았으면 좋겠다.

시골의 감성에 젖어 있던 나는, 오늘부터 본격적으로 마을을 탐방하기로 했다.

어제 다리미로 손수 다려둔 흰색 튤립이 그려진 반소매 티

셔츠와 청바지, 그리고 하얀 운동화를 신고 집을 나섰다.

조금 걷다 보니 마을 회관이 나왔다.

어제 엄마와 함께 들렀던 곳이라, 할머니 할아버지들이 나를 기억해 주시는 듯했다.

"아침 일찍 나왔네. 어디 가려고?"

"동네 한번 둘러보려고요."

"그래, 조심히 다녀 와."

이곳에는 시골 어르신들과 마을을 지키는 청년 농부들, 활기찬 동네 아이들이 어우러져 있었다.

그리고 오늘, 또 하나의 발견.

내 앞에 당당히 나타나 배를 까고 드러누운 강아지 한 마리.

어른들 말로는 이 강아지가 엄마를 유독 좋아했단다.

아마 엄마랑 같이 살아서 내게서도 익숙한 냄새가 나는 모양이었다.

이 강아지의 이름은 '개똥이'. 이름이 마음에 들진 않지만, 누런 털을 가진 개똥이에게는 딱 어울렸다.

마을을 둘러보다가 멜빵바지를 입은 꼬마 아이와 마주쳤다.

"안녕!" 하고 인사를 건네자, 처음 보는 누나라며 아이들이 나를 좋아했다.

친해진 기념으로 꼬마들에게 사과 맛 사탕을 받았다.

건넛집 할머니에게 인사드리자, 내 이름을 아시고는 주머니에서 사탕을 하나 꺼내 주셨다.

아까 꼬마들이 준 것과 같은 사탕이었다.

누군가에게 받은 사탕이 다시 내게 돌아온 걸 보며, 사랑도 이렇게 돌고 도는구나 싶어 슬며시 웃음이 났다.

하루하루 시골 사람들과 친해지고, 앞으로 만날 이들이 기대되어 마음이 들떴다.

좋은 일이 자꾸 생길 것 같은 예감에 한 발, 또 한 발 가볍게 뛰었다.

집으로 돌아가는 길, 옆집에서 한 남자아이가 나오는 걸 봤다.

강아지처럼 맑은 눈매, 검은 머리, 나보다 키가 훨씬 큰 또래였다.

손에 만 원짜리를 들고 있는 걸 보니, 마트에 가는 길인 듯했다.

팔짝 뛰는 내 모습을 신기하게 바라보던 그 아이와 눈이 딱 마주쳤다. 강아지 똥개를 닮았다고 생각하며 쳐다보다 들킨 것 같아 얼른 시선을 피했는데, 그 아이가 먼저 인사를 건넸다.

"안녕, 네가 옆집에 잠시 이사 온 애구나?"

"응, 맞아."

"엄마한테 얘기 들었어. 우리 엄마랑 너희 어머니랑 친구라던데."

"아, 진짜? 그렇구나."

"응, 나는 이도현이라고 해."

"안녕, 나는 김시은이야."

"몇 살이야?"

"고3."

"나랑 동갑이네, 그럼 우리 친하게 지내자."

"그래."

머쓱하게 몇 마디 나누자마자 우리는 친구가 되었다.

시골엔 또래가 없을 줄 알았는데,

동갑 친구가 생기니 괜히 기뻤다. 집에 가서 엄마에게 자랑해야겠다고 생각했다.

집에 도착하자마자 손도 씻지 않고 엄마에게 달려가 마을을 둘러보며 있었던 일들을 신나게 이야기했다. 개똥이, 꼬마들에게 받은 사과 맛 사탕, 그리고 이도현과 친구가 된 이야기까지.

꽃과 풀이 만나 친구가 되듯, 우리도 그렇게 친구가 되었다.

그날 밤, 머리맡에 놓인 사탕을 하나 꺼내어 천천히 입에 넣었다. 사과 향이 입안에 퍼지자 낯선 동네도, 처음 만난 친구도 조금은 더 부드럽게 다가오는 것 같았다.

별이 총총한 시골 하늘 아래, 나는 마음속으로 조용히 되뇌었다.

풀도, 꽃도, 처음부터 친구였던 건 아니었을 거야. 하지만 시간과 바람 속에서, 함께 자란다. 우리도 그렇게 될 수 있을지 몰라.

천천히 쉬어 가도 괜찮아

1장 새로운 여름의 시작

내일도 오늘만큼 행복했으면 좋겠다.

도시에서는 하루하루가 버거웠는데, 시골에서 보낸 일주일은 매일이 꽉 찬 행복으로 가득했다. 경로당에서 할머니, 할아버지를 도와드리고, 꼬마 아이들과 술래잡기를 하며 뛰어놀았다. 옆집의 강아지를 닮은 이도현과도 금세 친해졌고, 집 앞에서 마주칠 때마다 인사를 주고받았다.

이도현 어머니가 주신 깍두기를 맛있게 먹으며 점점 더 자주 왕래하게 되었다.

오늘은 툇마루에 누워 햇살을 쬐며 책을 읽었다.
여름의 시원한 바람을 맞으며 책을 읽는 게 오랜 꿈이었기에, 집에서 책을 한 아름 챙겨왔다. 마룻바닥에 책을 쌓아두고 선풍기를 틀고, 얼음이 동동 뜬 물컵까지 곁에 두니 완벽했다.
책 속 여름 해변의 향긋한 냄새가 코끝을 스쳤다.
영원은 없다는 걸 알지만, 지금, 이 순간만큼은 영원히 행복하고 싶었다.
열아홉, 그 나이만으로도 충분히 즐겁고 행복한 것.

책에 푹 빠져 있다가 문득 현실로 돌아오니, 어느새 저녁 6시가 다 되어 있었다.
대문 너머로 보이는 초록빛 시골 풍경이 나를 홀리듯 이끌었다.
소다 맛 아이스크림을 먹으며 주황빛 노을을 바라보았다.

노을은 산 뒤로 천천히 숨어들고, 마을로 잔잔히 흐르는 시냇물 곁에 누룽지 색 고양이 한 마리가 조용히 앉아 있었다.

고양이는 내 다리 사이를 지나 마당 텃밭을 거닐었다. 마치 자기 집인 듯 당당하게 돌아다녔다.

나는 조심스럽게 블루베리 몇 알을 조심스럽게 내밀었고, 고양이는 망설임 없이 받아먹었다.

따뜻한 몸, 말랑한 분홍 발바닥, 포동포동한 뱃살. 고양이를 쓰다듬으며, 그 평온함이 내게도 전해지는 듯했다.

고양이는 곧 잠이 들었고, 나는 쪽마루에 앉아 조용히 그 모습을 바라보았다.

잠시 뒤, 엄마가 집에 들어와 "얘는 뭐니?" 하고 물었고, 나는 조용히 손짓하며 "쉬고 있었는데, 알아서 들어왔어."라고 대답했다.

엄마도 내 옆에 나란히 앉아, 우리 둘은 아무 말 없이 고양이만 바라보았다.

누룽지 색 고양이는 세상 누구보다 편안해 보였다.

그 모습을 보며 나도 저 고양이처럼 살아 보고 싶다고 생각했다.

마을을 거닐며 주민들이 건넨 음식을 받아먹고, 잠이 오면 길가에 누워 자고, 아무 걱정 없이 살아 보고 싶었다.

 하지만 성인이 되어 가는 내게는 대학, 취업, 성적, 돈. 수많은 고민이 쌓여 있었다.

 그래도, 이곳에서만큼은 그 고양이처럼 고민을 내려놓고 평화롭게 쉬어 가기로 했다.

 여기서만큼은 내가 누룽지 색 고양이를 닮기를 바라며,

 오늘은 누런 꿈 같은 하루를 보냈다.

바람이 지나간 자리

나를 잊어버리기 전에

이대로 조금만 더

비가 멈춘 저녁, 말하지 못한 말들

숨결이 닿는 시간

처음이 아니었던 처음

여름의 한가운데서

익어 가는 여름

바람이 지나간 자리

2장 익어 가는 여름

바람이 지나간 자리엔, 말없이 묻힌 기억들이 조금씩 피어나고 있었다.

이 마을에서의 하루는 조용하지만, 마음속 잊고 있던 소리가 바람을 타고 스며들었다.

나는 여름을 좋아한다.

여름의 뜨거운 향기, 빗소리, 쨍한 초록빛. 여름은 청춘과 닮았다.

뜨겁고, 때로는 세차게 비가 내리기도 한다.

하지만 여름은 다시 돌아오지만,

청춘은 한 번 지나가면 다시 기다릴 수 없다.

그래서 청춘은, 지나가면 그리워질 수밖에 없다.

오늘도 평소처럼 아침에 일어나 밥을 먹고, 씻고 레몬 향수를 손목에 톡톡 뿌렸다.

머리를 질끈 묶고 밖으로 나가니, 쪽마루에 앉아 있는 엄마가 보였다.

"엄마, 무슨 생각해?"

"아, 할머니 생각."

엄마도 할머니가 보고 싶구나.

항상 밝기만 한 줄 알았던 엄마에게도 마음속에 남은 슬픔이 있다는 걸 새삼 느꼈다.

엄마는 잃은 게 많지만, 나에게는 언제나 든든한 존재였다.

혹시 무너질까 봐, 속으로만 아파했던 걸지도 모른다.

어릴 때부터 엄마는 내게 "우울한 감정을 계속 안고 사는 건 멍청한 짓이야."라고 말하곤 했다.

아마 그 말은, 엄마 자신의 경험에서 나온 것이었을지도 모른다.

지금 내가 엄마에게 해 줄 수 있는 건 그저 옆에 있어 주는 것뿐이었다.

말없이 엄마가 바라보는 곳을 함께 바라봤다.

이렇게 예쁜 세상이 눈앞에 있는데, 다들 바쁘게 살아가느라 하늘을 올려다보지 못한다는 게 아쉬웠다. 어릴 때 많이 봐둬야 할 풍경들, 어른이 되면 놓치기 쉬운 것들.

좋은 대학, 좋은 직장만이 중요한 것처럼 모든 걸 내려놓고 공부에만 매달리는 친구들을 볼 때면 안타까운 마음이 든다.

나는 그저, 내가 만족할 만큼 행복하면 충분하다고 생각한다.

행복을 삶 전체에 조금씩 나누어 시작부터 끝까지 적당히 행복한 것도 괜찮지 않을까.

엄마의 고민을 잠시나마 덜어 주고 싶어 조심스럽게 엄마를 안았다.

엄마는 놀란 듯하다가, 곧 따뜻하게 나를 안아 주었다. 정말 오랜만에 느끼는 포근한 품이었다.

얼마 후 엄마가 말했다.

"시은아, 오늘 같이 밥해 먹을까?"

나는 고개를 끄덕이고, 엄마와 함께 마트에 갔다. 원래 가던 마트가 문을 닫아 옆 마트로 갔고, 땀을 뻘뻘 흘리며 도착한 마트 안은 시원했다.

달걀, 쌀, 김치 등 이것저것 장을 보고 집으로 돌아와 샤워를 했다.

엄마는 마당 텃밭에서 당근을 캐고 있었고, 나도 슬리퍼를 신고 텃밭으로 나갔다.

처음 해 보는 당근 캐기는 서툴렀지만, 하다 보니 점점 익숙해졌다.

집에 들어와 당근을 썰고, 엄마는 내가 썬 재료로 계란말이와 김치찌개를 만들었다.

함께 만든 밥상 앞에서, 괜히 더 보람차고 맛있게 느껴졌다.

밥을 다 먹고 나니, 어느새 해는 저물고 밤하늘에 별이 가득했다.

별들은 하늘이 어두워질수록 더 밝게 빛난다.

나도 언젠가 힘든 순간이 오더라도, 저 별처럼 더 밝게 빛나고 싶다고 다짐했다.

봄과 여름이 바뀌는 때, 나의 청춘도 조금씩 변하고 있었다.

나를 잊어버리기 전에

아직 닭도 잠든 새벽 5시 10분, 나는 마을에서 제일 먼저 눈을 떴다.

오늘은 동이 트는 모습을 꼭 보고 싶었는데, 이미 주황빛 해가 떠올라 있었다.

조금만 더 일찍 일어났다면 하는 아쉬움이 남았다.

파릇파릇한 나뭇잎 사이로 쏟아지는 햇살에 눈을 찡그리며, 마루에 드러누워 내일은 몇 시에 일어나야 해를 볼 수 있을지 고민했다. 이런 단순하고 소소한 고민이 좋았다. 복잡한 걱정 대신 아무 생각 없이 할 수 있는 고민이 오히려 마음을 편하게 해 줬다.

인생은 짧지만, 사람들은 그 짧은 시간 안에 하고 싶은 게 너무 많다.

그래서 나는 이 많은 것들 중 딱 몇 가지만 골라 짧지만 굵게, 행복하게 살아 보고 싶다.

너무 많은 걸 가지려다 보면, 나를 잊게 되는 것 같다.

나는 그저, 이 계절 속에서 살아 있다는 감각 하나만으로도 충분히 행복하게 보내야겠다.

매미 소리가 들리고, 마을에 평온한 바람이 분다.

사람들이 일어나기 시작할 무렵,

나는 오히려 눈을 감고 자연을 느끼며 다시 잠에 들었다.

초여름의 오후, 상쾌한 바람과 적당한 햇살이 나를 깨웠다.

덥지도 춥지도 않은 완벽한 날씨. 이런 날씨가 내게 선물처럼 느껴졌다.

느긋하게 일어나 주방으로 가니 엄마가 오리고기를 준비

하고 있었다.

  도시에선 한 번도 느껴보지 못한 자연에 대한 작은 미안함이 스쳤지만, 맛있는 오리고기를 먹으며 금세 잊었다.

  엄마는 내게 옆집 할머니의 손자를 잠시 봐줄 수 있냐고 물었다.

  마침 할 일도 없던 터라 흔쾌히 수락했다.

  할머니 댁에 가니, 쪽마루에 앉아 있던 네다섯 살쯤의 꼬마 민준이가 나를 보자 환하게 웃으며 달려왔다. 곰돌이 티셔츠에 청반바지, 동글동글 귀여운 민준이에게 사탕을 건네주고 함께 쪽마루에 앉았다.

  민준이는 잠자리를 잡고 싶다고 했다. 나는 잠자리채를 가져다주었고, 민준이는 두 손으로 꼭 잡고 마당을 뛰어다녔다. 그 모습을 보며 나도 어릴 적 이렇게 자연 속에서 뛰놀았으면 어땠을까 생각했다.

  민준이 또래의 아이들은 공부보다 자연에서 뛰놀며 세상을 배워야 한다고, 나도 언젠가 내 아이가 생긴다면 이런 마을에서 키우고 싶다고 생각했다.

잠자리는 휘익 날아가 버렸고, 민준이는 시무룩해졌다.

나는 민준이를 달래며 집 안에서 동화책을 읽어 줬다. 여섯 권쯤 읽었을 때, 민준이는 다람쥐처럼 쏙 잠이 들었다.

민준이의 숨 고르는 소리를 들으며 내 어린 시절을 가만히 꺼내보았다.

그때는 사탕 하나에도 세상을 다 가진 듯 웃었고, 비바람 하나에도 울었었다.

청춘은 그런 순간을 잊지 않고 품고 있는 마음의 기억이라는 걸 새삼 느꼈다.

할머니가 돌아오셨을 때, 내게 용돈을 주셨다. 나는 동심으로 돌아간 기분에 돈을 받지 않겠다고 했다. 대신 망고를 받아, 엄마와 나눠 먹으라며 감사 인사를 받았다.

집에 돌아와 책상에 앉아 어릴 적 내 모습을 그려보았다.

유치원을 빠지고 엄마와 놀이공원에 갔던 그날, 밝게 웃던 내 얼굴을 떠올리며 괜히 뭉클해졌다.

남을 따라 살다 보면 가끔은 내가 누구였는지 잊어버릴 때가 있다.

다른 사람의 삶을 따라가다, 나는 잠시 나를 잃을 뻔했다.

이대로 조금만 더

2장 읽어 가는 여름

아침에 창밖을 보니, 날씨가 꿉꿉하고 습했다.

맑고 화창한 날이 아니라, 짙은 푸른빛이 도는 흐린 아침.

주말인데도 날씨 탓에 기분까지 흐려졌다.

방을 나서니 엄마가 아침을 준비하고 있었다.

"엄마, 무릎 안 아파?"

"어, 괜찮아."

비가 오기 전엔 무릎이 쑤신다던 엄마.

오늘은 그냥 흐리기만 한가 보다.

밥을 먹고, 씻고, 옷을 갈아입었다.

엄마에게 잠깐 산책 다녀오겠다고 말하고 하얀 셔츠에 청반바지를 입었다.

그리고 레몬 향수를 손목에 톡톡 뿌렸다. 마당에 나와 밖을 둘러보니, 흐리지만 비는 오지 않을 것 같았다. 그래서 우산도 챙기지 않고 대문을 나섰다.

그 순간, 이도현과 마주쳤다.

"안녕, 어디 가?"

"그냥 산책하려고."

"같이 갈래?"

"그래."

이도현과 함께 산책하게 됐다.

그에게서는 섬유유연제 같은 기분 좋은 향이 났다. 향수일까, 아니면 원래 이도현만의 향일까.

조금 더 친해지면 물어봐야지, 생각했다.

걷다가 이도현이 말했다.

"우리 학교 한번 가 볼래?"

"응, 좋아."

이도현의 학교는 생각보다 넓었고, 잔디 운동장도 꽤 컸다. 한 학년에 두 반, 한 반에 열여덟 명. 시골 학교였지만 오히려 우리 학교보다 더 좋아 보였다.

운동장 한쪽에는 능소화가 만개해 있었다.

운동장을 한 바퀴 돌고, 돌계단에 나란히 앉아 이런저런 이야기를 나눴다.

"여긴 왜 온 거야?"

"도시에서는 답답했어. 모두가 좋은 대학, 좋은 직장만 바라보고 친구들은 건강까지 해치면서 공부하고. 내 열아홉은 한 번뿐인데, 잠깐이라도 행복하게 보내고 싶었어."

"지금은 행복해?"

"응, 지금이 좋아. 이대로만 계속됐으면 좋겠는데 돌아가면 또 힘들 테니까."

"지금을 충분히 즐겨. 먼 미래를 미리 걱정하는 건 손해야."

많은 이야기를 나누다 보니 벌써 세 시간이 훌쩍 지나 있었다.

집에 돌아가려는데, 갑자기 비가 내리기 시작했다.

우리는 그냥 비를 맞으며 달렸다.

마을엔 아무도 없고, 해맑게 웃으며 집으로 뛰어가는 우리 둘만 있었다.

비를 맞으면서도 나는 지금 이 시간이 조금이라도 더 느리게 흘러갔으면 좋겠다고 생각했다. 이 순간이 바로, 내가 원하던 청춘이었다.

집에 도착하니, 엄마는 엉망이 된 내 모습을 보고 웃으며 "이게 뭐야?" 하고 물었지만

나는 빙그레 웃으며 대답 대신 미소만 지었다.

쓸데없는 걱정, 무익한 근심. 오늘은 그런 걱정 없이, 마음껏 청춘을 즐겼다.

2장   읽어 가는 여름

비가 멈춘 저녁, 말하지 못한 말들

저녁이 되자, 빗소리는 서서히 잦아들었다.

샤워를 마치고 방 창문을 열었더니, 습기 머금은 공기가 방 안으로 스며들었다.

아직 볼은 따뜻했고, 머릿속은 조용한데도, 자꾸 누군가의 목소리가 맴돌았다.

"지금이 좋아."

"먼 미래를 걱정하는 건 손해야."

나는 이도현이 했던 말을 다시 떠올렸다.

그때는 고개만 끄덕였지만, 사실은 가슴이 뛴다는 걸 들킬까 봐 말하지 못했다.

이도현은 그렇게 쉽게 말하는데, 왜 나는 아무 말도 할 수 없었을까.

그 순간, 창문 너머로 낮게 부르는 목소리가 들렸다.

"김시은."

고개를 돌리니, 이도현이 우산도 없이 서 있었다.

축축하게 젖은 머리, 아직 바람이 다 마르지 않은 얼굴.

급하게 우산을 챙겨 밖으로 뛰어나갔다.

"뭐 해?"

나는 순간적으로 대답하지 못했다.

이도현이 주머니에서 뭔가를 꺼냈다.

구겨진 비닐봉투였다.

"이거, 아까 마트 가다가 네 생각 나서 샀어."

"응?"

"딱히 별 건 아니고… 그냥, 사탕."

나는 조심스럽게 그 봉투를 받아 들었다.

열어 보니 작은 레몬 사탕 몇 알.

익숙한 향기, 어릴 때 자주 먹던 사탕.

"레몬 좋아하잖아. 네 향기에서 그 냄새 나서."

"내 향기 기억해?"

이도현은 고개를 천천히 끄덕였다.

"너랑 있으면, 이상하게 마음이 편해져.

그냥… 오늘 너랑 같이 비 맞은 그 시간이 좀 특별했어."

말이 없는데도 모든 말이 다 전해지는 느낌이었다.

어쩌면, 지금이 조용함 속에 우리가 서로에게 조금 더 가까워졌는지도 모른다.

나는 조심스럽게 레몬 사탕 하나를 꺼내 입에 넣었다.

그 순간, 새콤한 향이 퍼졌고, 가슴이 이상하게 간질거렸다.

도현은 한참 서 있다가, 말없이 고개를 끄덕이며 돌아섰다.

나는 손에 봉투를 꼭 쥐며, 마음속으로 아주 작은 결심을 했다.

"다음엔 내가 먼저 말해 볼 수 있을까."

숨결이 닿는 시간

2장

읽어 가는 여름

누군가의 숨결이 내 하루에 닿는다는 건,
말보다 조용하고, 기억보다 깊은 일이다.
나는 오늘, 그런 온기를 처음으로 확실히 느낄 수 있었다.

오늘은 마을에서 1년에 단 한 번 열리는 큰 잔칫날이다.
이 마을에서는 잔칫날이면 학교도 쉬고, 모두가 참여한다.
엄마와 나는 잠시 머무는 손님이지만, 마을 주민들에게 드릴 도시락을 준비하기로 했다.

김밥, 불고기, 김치 등 다양한 반찬을 넣어 남녀노소 모두가 즐길 수 있는 도시락을 만들기로 했다.

잔치는 오후 4시에 시작이라, 5시간 남짓한 시간 동안 부지런히 손을 놀려야 했다.

밥을 새로 짓고, 엄마와 함께 불고기를 만들었다.

양념한 고기를 손으로 조물조물 무치고, 참기름을 넣어 30분간 재웠다. 그 사이 채소를 손질하고, 고기를 구우니 고소한 냄새가 집 안 가득 퍼졌다.

불고기를 도시락에 담고, 김치와 밥도 차례로 채워 넣었다.

이제 김밥 만들기.

나는 재료를 썰어 엄마에게 넘기고, 엄마는 김밥을 말았다. 단무지, 맛살, 햄, 오이, 당근, 계란 지단까지 정성껏 준비한 재료들이 하나씩 도시락에 들어갔다.

마지막 칸에는 약과를 넣었다.

어제 마트에서 고른, 남녀노소 누구나 좋아할 달콤한 간식. 그리고 더운 여름날을 위해 복숭아 아이스티도 넉넉히 준비했다.

요리는 생각보다 훨씬 힘들었지만, 내가 만든 도시락을 먹으며 웃을 마을 사람들을 상상하니 피곤함도 잊고 절로 미소가 지어졌다.

잔치가 열리는 장소에 도착하니 이미 초록 잔디 위에는 색색의 돗자리가 깔리고, 가족들이 모여 이야기꽃을 피우고 있었다.

학생들은 공연을 준비하고, 주민들은 예쁜 물건을 나누며 잔치 전부터 마을 전체가 들떠 있었다.

엄마와 나는 도시락과 음료수를 꺼내 자리에 놓았다.

그리고 오후 4시, 드디어 잔치가 시작됐다.

각기 다른 도시락처럼, 각양각색의 사람들이 모여 오늘 하루를 함께 채워 갔다.

처음이 아니었던 처음

4시가 되자 잔치가 시작됐다.

마을 사람들은 모두 들뜬 얼굴로 잔치를 즐겼다.

사회자의 멘트와 함께 학교 동아리 무대가 펼쳐졌다.

내 또래 친구들이 무대 위에서 자신을 맘껏 뽐내는 모습이 정말 멋져 보였다.

하고 싶은 일을 즐기며 하는 모습이 부럽기도 했다.

공연에 빠져 있다가, 도시락을 받으러 온 할머니 덕분에 잠시 시선을 돌렸다. 고맙다는 인사를 남기고 도시락을 받아가는 할머니. 그 뒤로 입소문이 났는지, 도시락을 받으러 온 사람들이 줄을 서기 시작했다.

넉넉하다고 생각했던 도시락은 금세 바닥이 드러났다. 마지막 한 명에게 도시락을 못 드려 아쉬워하며 고개를 드니,

그 앞에는 이도현이 서 있었다.

잠시 후, 엄마가 나타나 도시락도 다 나갔으니 둘이 놀다 오라고 했다.

이도현은 내 손목을 잡고 말했다.

"우리 바다 가자."

당황할 새도 없이 이도현은 내 손을 잡고 바다로 이끌었다. 마을 잔치에 모두 모여서인지, 바다에는 우리 둘뿐이었다. 조용하고 푸른 바다. 파도 소리만이 귓가를 울렸다.

"아까 학교 친구들 공연 보면서 무슨 생각했어?"

"그냥… 하고 싶은 걸 자유롭게 하는 모습이 부럽기도 했어."

나는 어릴 때부터 '시작'이라는 걸 좋아했다.

끝이 보이지 않는 것에 도전하는 설렘, 새로운 결말을 내

가 만들어 갈 수 있다는 기대.

하지만 어른이 되어 갈수록 불확실한 미래와 남들의 시선에 내가 진짜 원하는 게 무엇인지 희미해질 때가 많았다.

그래도, 이곳에 와서 다시 내가 원하는 것, 하고 싶은 것들을 하나씩 찾아가고 있다.

지금 내 나이라면,

이런 꿈과 목표가 많아도 괜찮다고. 욕심이 아니라, 의지라고. 스스로를 다독였다.

한참을 바다를 바라보며 생각에 잠겨 있었다.

이도현은 옆에서 묵묵히 기다려 줬다.

내 마음이 정리될 때까지 아무 말 없이 곁에 있어 주는 것만으로도 큰 힘이 되었다.

"저기…."

"이제 좀 괜찮아졌어?"

"응."

이도현과 나는 다시 잔치가 열리는 마을로 돌아갔다.

노을이 지고, 마을은 주황빛으로 물들었다.

내 레몬 향수와 이도현의 은은한 향기가 서로 섞여, 순간이 더 특별하게 느껴졌다.

바람을 타고, 마음을 따라, 우리의 청춘도 앞으로 나아갔다.

여름의 한가운데서

얇고 청아한 새소리로 아침을 맞았다.

창문을 열자 시원한 바람이 들어와, 잠결에 얼굴을 스쳤다.

오늘은 유난히 매미 소리만 가득했다.

마을 곳곳에선 아직 잔치의 여운이 남아 있는지, 모두 단잠에 빠진 듯 조용했다.

엄마도 아직 꿈나라에 있었다.

엄마를 깨우지 않으려고 살금살금 밖으로 나와, 맑은 공기를 가득 들이마셨다.

오늘은 바람도, 하늘도, 공기도 유난히 깨끗했다.

햇살은 이슬 맺힌 풀잎 위에 작은 별처럼 내려앉았고,

그 곁에는 빨간 무당벌레 한 마리가 조심스럽게 움직이고 있었다.

무당벌레를 바라보다가, 이내 하늘로 날아가는 모습을 지켜보았다.

쪽마루에 앉으니 매미 소리가 다시 숲속에서 요란하게 울려 퍼졌다.

여름의 한가운데, 자연의 소리에 온몸이 잠시 흔들렸다.

그때 옆집에서 이도현이 잠에서 깨어났다.

헝클어진 머리로 기지개를 켜는 모습이 웃겨서, 나도 모르게 계속 바라보았다.

눈이 마주치자 우리는 담벼락 너머로 인사를 나눴다.

"오늘 시간 비어?"

"어, 텅텅 비었지. 왜?"

"친구 대신 아르바이트하러 가는데, 같이 갈래?"
"좋아."

어디로 가는지도 모르면서,
뭔가 좋은 일이 생길 것 같아 서둘러 따라나섰다.
시원한 하늘색 티셔츠와 하얀 반바지,
상쾌한 레몬 향수를 뿌리고,
토마토 몇 알을 집어먹으며 준비를 마쳤다.

이도현과 함께 도착한 곳은
갈색 벽돌과 덩굴로 둘러싸인 작은 카페였다.
차분하고 시원한 분위기,
이도현은 앞치마를 두르고 능숙하게 음료를 만들었다.
나는 아이스 초콜릿을 주문했고,
이도현이 만들어 준 음료는 지금까지 마셔본 것 중 최고였다.

잠시 후, 갈색 체크 무늬 셔츠를 입은 할아버지가 들어왔다.
어제 도시락을 받아 간 분이었다.

할아버지는 내 얼굴을 기억하고,
손자와 맛있게 먹었다며 고맙다고 인사를 건네주셨다.
이도현에게도 "젊은 애가 일도 잘하고 싹싹하다."라며 칭찬을 아끼지 않으셨다.

할아버지는 자신의 인생 이야기와 첫사랑 이야기도 들려주셨다.
그리고 마지막으로 우리에게 이렇게 말씀하셨다.

"너희의 청춘은 아직이니, 남은 시간 모두 청춘이 아니겠느냐.
친구들과 웃고, 뛰고, 맛있는 것들을 많이 먹고,
그 모든 순간이 다 청춘이다.
나중에 어른이 되면 이날들을 추억하며 살아가게 될 테니,
오늘을 아쉽지 않게, 마음껏 즐겨라."

할아버지의 말은 내 마음을 꿰뚫는 듯했다.
내가 원하는 게 무엇인지,

어떻게 살아가야 할지 고민했던 마음이
오늘은 새소리처럼 맑게 풀렸다.

새소리로 시작된 오늘이,
다시 한번 내 청춘임을 알려 주고 있었다.

익어 가는 햇살 속에서,
나도 모르게 조금씩 익어 가고 있었다.
무더운 여름처럼, 내 감정도 뜨거워지고 있었고,
서툴지만 확실하게, 나는 나를 살아가고 있었다.

머무는 듯 멀어지는

말하지 않아도 괜찮다고 해 주는 사람

사이, 그 어딘가

마음이 머무는 속도

우리는 여름이었다

잔향이 머무른 여름

느린 빛의 시간

멀리서 기다린 시간이 닿는 순간

한 글자에 담긴 마음

추워질수록 가까워지는

낯선 바람에 기대어

3장

여름의 끝물

3장 여름의 끝물

머무는 듯 멀어지는

노을이 서서히 사라지고, 짙은 남빛이 하늘을 덮으며 별이 하나둘 떠오르는 저녁이었다.

거실에서 엄마가 나를 불렀다.

"도현아."

방문을 열고 나가니, 푸른 소파에 앉은 엄마가 내 옆을 가리켰다.

내가 옆에 앉자, 엄마는 조심스럽게 말했다.

"오늘 옆집에 엄마 친구가 이사 왔어. 딸이 있는데, 여름방학 끝날 때까지만 잠시 있을 거래. 엄마 친구는 이 동네를 잘 알지만, 친구 딸은 아니잖아. 네가 그 애랑 친해져서, 이곳에서 친구가 되어 줬으면 해. 어때?"

처음엔 별생각이 없었다.

잠깐 머물다 가는 거고, 그동안만 같이 지내면 되니까….

다음 날 아침, 부엌에서 된장찌개 끓는 소리에 잠에서 깼다.

엄마가 아직 자고 있어서, 아빠와 둘이 식탁에 앉았다.

엄마가 없으니 어색한 침묵만 흘렀고, 아빠는 식사를 마치며 말했다.

"식탁 위에 돈 뒀으니, 마트 가서 두부랑 토마토 좀 사 와."

그 말이 오늘 아빠와 나눈 대화의 전부였다. 조용한 아침 속에서 나는 간단히 씻고 옷을 갈아입었다. 마트로 향할 준비를 하면서도 마음속엔 묘한 여운이 남았다

집을 나서자마자, 싱글벙글 웃으며 걸어오는 여자아이와 마주쳤다.

이 근처에서 본 적 없는 아이. 아마 엄마가 말한 김시은이었다.

나를 빤히 쳐다보다가, 눈이 마주치자 얼른 고개를 돌리는 모습에 웃음이 났다.

내가 먼저 인사를 건네자, 긴장한 듯 굳은 표정이었지만 대화가 끝나고 신나하는 모습에 나도 괜히 기분이 좋아졌다.

그날 이후, 집 앞에서 만날 때마다 한 손을 흔들며 밝게 인사하는 김시은의 모습은 늘 한결같았다. 그 웃음만으로도 내 기분까지 환해졌다.

며칠 뒤, 그 애가 꼬마 남자아이를 돌보는 모습을 보았다. 아이보다 더 신나 보이는 얼굴. 환하게 웃는 모습에 나도 모르게 발걸음을 멈추고 바라보게 됐다.

또 며칠 뒤, 같이 우리 학교에 갔다. 항상 밝게만 보였던 그 애의 속마음을 처음 알게 됐다. 겉으론 환하게 웃고 있었지만, 속으로는 불안과 고민을 안고 있다는 걸 느꼈다.

내가 또래로서, 어른이나 선생님보다 더 잘 이해해 줄 수 있을 것 같았다.

힘들 때마다 환하게 웃어 준 그 애에게, 나도 조금이나마 힘이 되고 싶었다.

청춘의 절정에 있는 우리.

남들이 보기엔 가장 빛나는 나이지만, 실은 불안과 압박 속에서 흔들릴 때가 많다.

나 역시 내 청춘을 누구보다 치열하게, 내 방식대로 즐기고 있었다.

남들이 보기엔 낭비처럼 보여도, 내 청춘은 내가 만들어 가는 것임을 믿었다.

그 애가 불안해하지 않고, 이 시간을 후회 없이 보내길 바랐다. 지금 이 순간이 언젠가 돌아봤을 때 행복한 추억으로 남기를 바랐다.

함께 긴 이야기를 나누며 나 역시 내 삶을 돌아볼 수 있었다.

오늘은 내가 도와주려 했지만, 오히려 내가 더 많은 위로를 받은 날이었다.

집으로 돌아가는 길,

비가 내렸다. 서로 밝게 웃으며 집을 향해 달렸다.

지금 우리의 모습이 바로 청춘 같았다.

집 앞에 다다랐을 때, 아쉬움이 밀려왔다.

한 걸음 한 걸음이 아까웠고, 굳이 멀리 돌아 그 애를 집까지 데려다주었다.

잘 가라는 인사를 건네고 돌아서는 순간, 벌써 보고 싶다는 생각이 들었다.

처음과 끝이 한결같은 마음. 그 마음으로, 나는 오늘도 누군가의 청춘을 응원한다.

말하지 않아도 괜찮다고 해 주는 사람

그날의 하늘은 조금 투명했다.

맑았지만 속이 빈 듯한, 여름의 끝에서만 볼 수 있는 하늘. 햇살은 여전히 따갑게 등을 밀었지만, 바람은 얇은 셔츠 자락을 살며시 건드리며 다른 계절이 다가오고 있다고 속삭이고 있었다.

나는 오래 앉아 있었다. 운동장 옆 벤치에, 책가방을 옆에 내려두고, 가만히 고개를 들어 하늘을 바라보았다.

눈부셔서 자꾸 눈을 찡그리게 되는데도, 그 파란 하늘을 놓치기 싫었다.

그런 날은 유난히 이도현이 먼저 나를 찾아왔다.

말없이 내 옆에 가방을 툭 내려놓고 앉았다. 우리 사이엔 종종 대화보다 고요가 더 많았다.

"오늘 하늘 진짜 아무것도 없는 것 같지?"

내가 먼저 입을 열었다.

이도현은 작게 '응.' 하고 대답하곤, 고개를 숙인 채 신발 끝을 바라보았다.

무언가 고민이 많은 얼굴이었다.

요즘 자주 그런 얼굴이었지만, 오늘은 조금 더 깊은 색이었다.

그 얼굴을 보자, 나도 괜히 가슴께가 답답해졌다. 이도현이 힘든 걸 나도 같이 안고 있는 기분. 그건 말로 옮겨지지 않았지만, 말하지 않아도 알 것만 같았다.

"가끔은, 다 지워 버리고 싶어."

이도현이 말했다.

느린 목소리였다. 조용하고, 망설이다가 꺼낸 말.

나는 고개를 돌리지 않았다. 그 말이 이도현에게 얼마나 무거운지, 어느 정도는 알 것 같아서.

"어디부터?"

입술이 먼저 움직였다. 진짜 궁금해서라기보다, 그 말이 공기 중에서 외롭게 남겨지지 않도록.

"그냥… 내가 잘못한 것도, 아무도 몰라줬던 것도,
그런데도 계속 괜찮은 척했던 것도."

조금 긴 침묵 끝에 이도현이 천천히 말했다.

말이 끝나자 바람이 불었다. 여름 냄새 사이로 낯선 냄새가 섞여 있었다. 학교 울타리 너머 코스모스가 피기 시작했는지, 어렴풋이 꽃향기도 나는 것 같았다.

"넌 괜찮은 척이 잘 어울려서 더 그런가 봐."

내가 말했다. 목소리는 작았지만, 솔직했다.

이도현은 살짝 고개를 들어 나를 봤다. 눈이 붉었다.

"그래도, 난 알아. 이도현 힘든 거.
그거, 알아주는 사람 한 명쯤은 있어야 하잖아."

나는 그 말을 하고 나서야 손에 땀이 났다는 걸 알았다.

이도현이 아무 말도 하지 않고 고개를 푹 숙였다.

그 순간, 이상하게 마음이 놓였다.

우리는 그렇게 서로의 가장 깊은 슬픔을 말없이 인정해 주고 있었다.

그건 위로라고 부르기도 조심스러운 종류의 감정이었다.

그냥, 옆에 있다는 것.

그저, 사라지지 않고 곁에 있다는 것.

그날의 햇빛은 마지막 여름처럼 반짝였고,

우리의 그림자는 가을로 기울어 가고 있었다.

집에 돌아가는 길, 이도현이 내 옆에서 조용히 걸었다.

우리는 나란히 걷고 있었지만, 조금씩 어른이 되는 시간 속에서도 여전히 아이 같은 마음을 품고 있었다.

지워버리고 싶은 날들 속에서, 그래도 버틸 수 있게 해 주는 건

누군가 말없이 '괜찮다'고 믿어 주는 마음이었다.

우리는 그걸 서로에게 주고 있었다. 여름의 끝에서.

사이, 그 어딘가

산들바람과 새소리가 어우러진 고요한 아침. 창문을 통해 쏟아지는 햇살에 눈을 감고 버티다, 결국 일어났다.

어제 집 안을 청소한 탓에 온몸이 뻐근했지만, 얼음이 동동 뜬 물 한 잔을 마시니 정신이 번쩍 들었다.

거울 앞에서 부은 얼굴을 찬물로 식히고, 머리를 질끈 묶었다.

거실 창 너머로 바라본 오늘의 햇살은 강렬했지만, 선선한 바람이 불어와 다행이었다.

쪽마루에 앉아, 아직 잠든 엄마를 기다렸다.

이곳에 온 뒤 엄마는 잠이 많아진 것 같다. 도시에서 늘 바쁘게 살던 엄마가 이곳에서만큼은 마음껏 쉴 수 있길 바랐다.

오늘은 엄마와 단둘이 공원에 가는 날.

시골에 와서 엄마와 이렇게 시간을 보내는 건 처음이었다.

더운 날씨에 맞춰 검은 고양이 그림이 그려진 흰 티와 검은 반바지를 입었다.

그리고 레몬 향수를 두어 번 뿌렸다.

엄마가 일어나 미안하다며 화장실로 들어갔다.

엄마는 씻고 나서 검은색 긴 원피스를 입고 나왔다.

평소 회사와 집안일에 치여 단정한 옷만 입던 엄마였기에, 이렇게 원피스를 입은 모습이 낯설고도 예뻤다.

엄마도 누군가의 엄마이기 전에, 누군가의 딸이고 친구였다는 걸 새삼 느꼈다.

어제 싸둔 도시락과 물을 챙겨 공원으로 향했다.

집에서 20분쯤 걷자 푸른 잔디가 펼쳐진 넓은 공원이 나왔다.

평일이라 그런지 사람도 거의 없고, 공원은 한적하고 조용했다.

분홍과 하얀 체크무늬 돗자리를 깔고, 돌을 주워 네 귀퉁이를 눌렀다.

엄마와 나는 돗자리에 앉아, 아침도 안 먹은 채 어제 싼 도시락을 꺼냈다.

노란 도시락통에 담긴 유부초밥, 김치, 소시지. 직접 만든 도시락을 먹으며, 엄마와 함께하는 이 시간이 소중하게 느껴졌다.

도시락을 다 먹고 나니, 하늘에 주황빛 노을이 퍼지기 시작했다.

불타는 듯한 붉은 하늘, 황금빛과 자줏빛으로 물드는 구름, 따뜻한 빛으로 감싸인 시골 풍경이 평화롭고 낭만적으로 느껴졌다.

노을이 짙어지며 하늘은 어두운 보라색과 파란색으로 물들고, 밤이 찾아왔다.

매미 소리만 남은 밤, 하늘엔 별이 하나둘 떠올랐다.

크기도, 빛도 모두 달랐지만, 각자의 자리에서 빛나는 별들.

이 별들이 내 마음속에, 이곳에 대한 그리움과 새로운 시작의 희망이 되어 줄 것 같았다.

어떤 두려움과 고난이 있어도, 별처럼 희망은 언제나 어둠 속에서 빛난다는 걸 가슴에 새기고 싶었다.

마음이 머무는 속도

창문 너머로 비치는 따스한 햇살도, 시원한 바람도 오늘따라 반갑지 않았다.

일어나기가 싫었다. 지금 이 자리에서 일어나면, 이곳에 다시는 누울 수 없을 것 같았다.

오늘, 드디어 도시로 돌아가는 날이다.

무거운 몸을 힘겹게 일으키며 텅 빈 방을 아쉬운 눈길로 바라봤다.

어제 짐을 싸고, 마당을 정리하고, 마지막 청소를 할 때도 실감이 나지 않았는데 이 빈 방을 보니 이제야 정말 떠난다는 게 느껴졌다.

복잡한 마음으로 양치질을 하고, 차가운 물로 세수를 했다.

곧 온수 샤워만 하게 될 집으로 돌아가겠지.

두 달이라는 시간, 짧지도 길지도 않았던 이 여름이 왜 이렇게나 짧게 느껴지는지 모르겠다. 아마도, 내가 정말 행복했기 때문일 것이다.

오늘은 이도현과 마지막으로 만나기로 한 날.

특별히, 한 번도 입지 않았던 푸른 청치마와 하얀 반소매 셔츠를 꺼내 입었다.

오랜만에 입는 치마가 어색했지만, 마지막으로 레몬 향수를 뿌리며 준비를 마쳤다.

집을 나서니, 담벼락에 기대 휴대전화를 보고 있는 이도현이 보였다. 약속 시간보다 늘 먼저 나와 있는 모습에 고맙기도 하고, 미안한 마음도 들었다.

"이도현."

"나왔네? 가자."

"오늘은 내가 먼저 나와서 기다리려고 했는데."

"됐어, 얼른 가자."

우리는 둘만의 비밀 장소로 향했다.

산을 조금 오르면 나오는 넓은 언덕, 따스한 햇볕과 시원한 바람, 그리고 그늘까지 있는 곳. 그곳에 앉아 서로를 바라봤다.

"아쉽다. 벌써 가는 날이네."

"그러게, 진짜 얼마 안 된 것 같은데."

햇살은 여전히 밝았지만, 우리 마음은 조금씩 무거워졌다.

"돌아가면 또 예전처럼 답답하고 슬플 것 같아?"

"아니, 이제는 아니야."

나는 하늘을 올려다보았다. 무궁무진하게 펼쳐진 구름과 파란 하늘, 그리고 앞으로의 내 삶이 겹쳐 보였다.

이도현은 잊고 지낸 영원이란 말을 조용히 내 마음에 다시 꺼내 준 사람이었다.

한 번 더 용기를 내어 말했다.

"이도현, 우리 언젠가 꼭 다시 만나자. 겨울방학에, 아니면

명절에, 아니면 내년에. 어떻게든 다시 올게."

내 말에 이도현은 말없이 미소를 지었다.

그 눈빛만으로도 충분히 대답이 되었다.

4시 30분, 돌아가야 할 시간이 다가왔다. 3시간이 눈 깜짝할 새에 지나갔다.

아직 못한 말이 너무 많았다.

집으로 돌아오는 길,

평소보다 훨씬 천천히 걸었다.

집 앞에 다다랐을 때, 나는 이도현을 바라보며 말했다.

"너한테 하고 싶은 말이 있어. 근데 오늘은 말 안 할 거야. 우리가 다시 만날 때, 그때 얘기해 줄게. 그러니까 연락해. 그럼 내가 꼭 만나서 말해 줄게."

이도현은 또 한 번 싱긋 웃으며, 알겠다고 답했다.

이별이지만, 진짜 작별은 아니었다. 우리의 청춘은, 아직 끝나지 않았다.

작별이 아닌, 다음을 기약하는 이별.

우리는 여름이었다

기차에 올랐다.

창밖 풍경은 내가 처음 이곳에 왔던 그날과 똑같았다.

평화로운 들판과 점점 짙어지는 주황빛 노을이 내 마음 깊숙이 스며들었다.

괜스레 마음이 울적해지고, 노을에 마음이 젖어 들었다.

기차가 출발하자, 엄마는 피곤한 듯 금세 잠이 들었다. 나는 창밖을 바라보다가, 문득 이도현이 내게 건네준 종이가 생각났다. 주머니에서 꺼낸 꼬깃꼬깃한 종이에는 이도현의 손 글씨로 가득한 긴 편지가 들어 있었다.

시은아.
벌써 네가 돌아가는 날이네.
길다면 길고, 짧다면 짧은 시간이었지만 네 덕분에 내 청춘이 다시 빛날 수 있었어.
혹시 도시로 돌아가 힘들고 지칠 때가 있다면,
언제든 나를 떠올려줘.
네가 힘들 때마다 네 곁에 내가 있을 거야.
넌 무엇보다 행복해야 어울리는 사람이니까, 네가 항상 밝게 웃었으면 해.
지금 이 시간을 아끼고, 후회 없이 네 청춘을 채워 가길 바라.
시간이 지나고 나면, 이 순간들이 한 편의 영상처럼 마음속에 오래 남았으면 좋겠어.
우리의 청춘이 끝나지 않기를,
언제나 똑같은 자리에서 너를 기다릴게.
9월에 같은 학교 학생으로 너희 학교에서 만나자.

글씨는 삐뚤빼뚤했지만, 정성과 마음이 고스란히 전해졌다.
나도 모르게 눈물이 나올 뻔했다.

그리고 마지막 추신. '9월에 너희 학교에서 만나.'
이도현이 우리 학교로 전학 온다는 사실을 깨닫는 순간, 기차 안에서 소리를 지를 뻔했다.
편지로도 감동을 주는 이도현 덕분에, 눈물과 함께 웃음이 번졌다.
사실 청춘은 멀리 있지 않았다. 이미 내 안에, 내가 걸어온 길 속에 있었다.
현실의 작은 불행에 갇혀 보지 못했을 뿐이었다.
이도현을 만나, 나는 내 청춘을 온전히 마주할 수 있었다.
만남이 있으면 이별이 있고, 이별이 있으면 또 만남이 있다.
우리의 청춘도, 계속 이어질 것이다.

잔향이 머무른 여름

3장 여름의 끝물

벌써 도착했다.

4시간 30분. 시골로 떠날 때는 세상에서 가장 긴 시간처럼 느껴졌는데, 돌아오는 길은 너무도 짧았다.

기차 안에서 창밖을 바라보며 내내 이도현 생각만 했다.

지금쯤 뭘 하고 있을지, 나처럼 너도 나를 생각하고 있을지, 전학을 오면 학교에서 어떻게 반길지. 아직 오지 않은 미래를 그리며 노을이 어둑해질 때까지 한순간도 다른 생각을 하지 않았다.

  기차에서 내리자 도시는 시골과 정반대의 모습이었다.
  사람들은 북적이고, 밤인데도 가로등과 간판 불빛이 거리마다 번쩍였다.
  차들이 쉴 새 없이 달리고, 도시의 공기는 시골의 맑은 공기와는 전혀 달랐다.
  두 손에 든 짐은 돌처럼 무겁고, 발걸음은 모래주머니를 단 듯 무거웠다.
  엄마는 피곤한 듯 앞서 걸었지만 나는 자꾸만 뒤를 돌아보게 됐다.

  집에 도착해 현관문 손잡이를 잡는 순간, 시골의 따스한 흙냄새가 밀어진 듯했다.
  익숙한 거실과 주방, 차갑고 하얀 벽, 정리 정돈된 가구들, 시골집의 갈색 마룻바닥, 색색의 이불, 텃밭과 쪽마루. 매미 소리와 별빛이 머릿속을 스쳐갔다.
  이제 이곳이 내 일상이지만, 마음 한구석이 허전했다.

짐을 풀며 가방에서 레몬 향수병을 꺼냈다.

이도현을 만나러 갈 때 마지막으로 다 써버린 향수병. 처음 시골에 올 때 반쯤 남아 있던 향수는 이제 텅 빈 채, 네 번째 빈 병이 되어 선반에 놓였다.

둥근 타원형의 투명한 병, 조그맣게 그려진 레몬 그림은 내가 사랑했던 그 여름의 향기를 고스란히 품고 있었다.

방을 정리하고 책상 앞에 앉아 시골에서 썼던 일기를 펼쳤다.

처음 시골에 도착해 썼던 설렘과 두근거림, 그날의 감정이 고스란히 되살아났다.

오늘의 일기는 훨씬 더 길어졌다.

이도현과 나눈 마지막 대화, 기차에서 읽은 편지, 도시로 돌아온 허전함과 그리움까지 모두 솔직하게 써 내려갔다.

손이 아플 정도로 길게 썼지만, 언젠가 이 일기를 다시 읽을 날을 생각하니 뿌듯함이 밀려왔다.

정리를 마치고 침대에 누웠다.

차가운 이불, 낯선 방, 창밖으로 들려오는 자동차 소리. 아무리 머릿속을 비워 보려 해도 자꾸만 시골에서의 여름이 떠올랐다.

텃밭에서 흙을 만지던 손끝의 감촉, 밤하늘을 수놓던 별빛, 이도현과 함께 달리던 언덕, 엄마와 함께 먹던 도시락. 모든 순간이 꿈처럼 스쳐 갔다.

다음 날 아침, 햇살에 눈을 뜨니 시계는 이미 10시를 가리키고 있었다.

부엌에는 아무도 없고, 소파에 앉아 멍하니 엄마를 기다렸다.

엄마는 친구를 만나러 나갔다며 식탁 위에 김치볶음밥과 쪽지를 남겨 두었다.

차가워진 밥을 데워 먹으며 이제 정말 일상으로 돌아왔다는 사실을 실감했다.

엄마가 장을 한가득 봐와 방학이 끝나가는 현실을 다시 일깨워주었다.

가방을 정리하고, 학교에 갈 준비를 하며 해가 지는 저녁, 엄마와 나란히 소파에 앉아 TV를 봤다.

엄마 어깨에 기대 잠이 들며 이제 정말 새로운 시작이 다가옴을 느꼈다.

　　돌아보면, 시골에서의 두 달은 한바탕 꿈처럼 덧없이 지나가 버렸다.

　　하지만 그 꿈은 내 마음속에 오래도록 남아 언젠가 다시 꺼내볼 소중한 청춘의 한 장면이 되었다.

　　한바탕 봄날의 꿈처럼, 청춘의 시간도 덧없지만 그 순간의 설렘과 그리움은 영원히 내 안에 남아 있다.

느린 빛의 시간

유독 일어나기 싫은 아침이었다.

달력을 보지 않아도 오늘이 개학이라는 걸 직감적으로 알 수 있었다.

한참을 쉬다 학교에 가려니 몸도 마음도 무거웠다.

친구들을 보고 싶은 마음도 잠시, 피곤함과 귀찮음이 더 크게 다가왔다.

알람 소리에 눈살을 찌푸리며 터벅터벅 화장실로 향했다.

눈을 감은 채 양치를 하다 엄마의 재촉에 정신을 차렸고, 차가운 물로 세수를 하니 그제야 조금 정신이 들었다.

오랜만에 입는 교복은 낯설었지만, 거울에 비친 모습은 나름 괜찮았다.

부엌으로 가면 엄마가 차려놓은 아침밥이 있었다.

구운 토스트에 딸기잼을 바르고 한 입 베어 물었다. 허기가 채워지지 않아 하나를 더 먹고, 가방을 챙겨 엄마에게 인사를 하고 집을 나섰다.

밖으로 나오니 맑고 푸른 하늘, 쨍쨍한 햇살, 그리고 선선한 바람이 불어왔다.

버스 정류장에 도착해 기다리는 동안 초등학생과 인사를 나누고, 버스에 올라타 창밖 풍경을 바라보았다.

두 정거장이 지나자, 내 옆에 앉은 친구 수민이. 중학교 때부터 단짝이었던 수민이와 오랜만에 만나 반가운 인사를 나눴다.

함께 학교에 도착해 반으로 들어가니 시끌벅적한 친구들의 인사가 쏟아졌다.

방학 동안 연락이 안 됐다며 궁금해하는 친구들. 그 모습이 귀엽고 반가웠다.

학교에 오는 것도 나쁘지 않다는 생각이 들었다.

수업이 시작되고, 나는 사물함에서 수학책을 꺼내 왔다.

수업은 여전히 길고, 선생님의 목소리는 나른하게 들렸다.

졸음을 쫓으려 공책에 단풍나무를 그렸다.

색칠하지 않은 단풍나무 한 그루. 왠지 쓸쓸해 보였다.

옆자리 짝꿍이 내 그림을 달라고 했다.

대충 그린 낙서였지만, 짝꿍은 밝게 웃으며 고맙다고 받아 갔다.

아무것도 아닌 그림 한 장에 누군가가 기뻐하는 모습을 보니 왠지 모르게 뿌듯했다.

점심시간, 매점에서 사과주스와 크림빵을 사서 짝꿍과 나눠 먹었다.

평소보다 조용한 매점.

따스한 햇살이 창으로 들어오고 가을이 시작되고 있음을 느꼈다.

오후 수업이 시작되고, 졸음을 쫓으려 창문을 열었다.

선선한 바람이 교실 안으로 들어오고, 창밖에는 초록에서 노랑, 주황으로 물들어 가는 나뭇잎들이 가을의 시작을 알리고 있었다.

수업이 끝나고, 오늘은 학원도 없는 날이라 걸어서 집에 가기로 했다.

이어폰을 귀에 꽂고, 잔잔한 노래를 들으며 물들어 가는 단풍을 바라봤다.

햇살에 반짝이는 낙엽, 가을 바람, 느리게 걷는 발걸음이 기분을 좋게 했다.

집에 도착해 간단히 손을 씻고, 전자레인지에 밥을 데우고 엄마가 끓여 놓은 국을 데워 간단히 저녁을 먹었다.

방에 들어와 책상에 앉아 아까 하굣길에 본 단풍과 길고양이, 횡단보도를 지나는 차들을 그렸다.

그러다 졸음이 쏟아져 책상에 엎드려 잠이 들었다.

얼마나 잤을까. 일어나 보니 엄마가 집에 와 있었다.

씻고 잠옷으로 갈아입고, 머리를 말리고, 책상에 앉아 숙제를 시작했다.

수학, 과학, 국어 숙제를 차례로 끝내고 시계를 보니 어느새 밤 11시 30분.

늦은 시간, 책을 덮고 불을 끄고 포근한 이불 속으로 들어갔다.

창밖에는 가을이 성큼 다가와 있었다. 한 잎의 낙엽만으로도 계절이 바뀌었음을 알 수 있었다.

여름의 청춘이 지나고, 가을의 일상으로, 나는 또 한 걸음 나아가고 있었다.

한 잎의 낙엽으로 다가온 가을,

그리고 또 다른 시작.

멀리서 기다린 시간이 닿는 순간

평화로운 일상이 이어지고, 어느새 개학한 지도 2주가 지났다.

그 사이 친구의 연애 상담을 해 주고, 학원에 다니며 공부하고, 친구들과 떡볶이를 먹으며 평범한 나날을 보냈다.

그리고 2주 동안, 나는 이도현에게 편지를 쓰고 또 지우기를 여섯 번이나 반복했다.

처음 써보는 편지라 어색했고, 답장이 없으면 어쩌나, 내 이야기만 가득하면 싫어하지 않을까. 이런저런 고민에 결국 한 번도 보내지 못했다.

쓰레기통에는 구겨진 편지지 여섯 장이 쌓여 있었다.

이도현이 어떻게 지내는지, 학교는 잘 다니고 있는지, 하루하루가 궁금했지만 물어볼 용기도, 방법도 없었다.

결국, 이도현이 전학 오는 날에 한꺼번에 묻기로 마음을 접었다.

오늘도 평소처럼 등교했지만, 유난히 몸이 무겁고 피곤한 아침이었다.

결석을 하고 싶었지만, 엄마가 허락해 줄 리 없다는 걸 알기에 터벅터벅 교실에 들어가 책상에 엎드렸다.

아직 이른 시간. 교실엔 친구 둘만 있었고, 나는 금세 잠에 빠졌다.

"시은아, 일어나!"

조례 시간이 되자, 짝꿍이 나를 깨웠다. 눈을 비비며 일어나니, 교탁 앞에 선생님 옆에 낯익은 얼굴이 보였다.

방금 잠에서 깬 탓에 꿈인가 싶어 눈을 다시 비비고, 손등을 꼬집어 봤지만 그 자리에 서 있는 건, 분명 이도현이었다.

선생님은 이도현에게 자기소개를 시켰다.

"안녕, 나는 이도현이야. 시골에서 왔어. 잘 부탁해."

긴장한 기색 하나 없이, 자연스럽게 인사를 마쳤다.

아이들은 박수를 쳤고, 이도현은 선생님이 정해 준 자리에 가방을 걸었다.

나와 멀지 않은 자리. 이도현이 나를 바라보며 생긋 웃었다.

나는 얼떨떨한 채로, 수업 내내 이도현 생각뿐이었다.

쉬는 시간마다 친구들이 이도현 자리로 몰려들었다.

나는 힐끔힐끔 쳐다보기만 하다가, 2교시가 끝나고서야 겨우 이도현과 마주 앉을 수 있었다.

점심시간. 나는 아무 말 없이 이도현의 손목을 잡고 운동장 벤치로 달려갔다.

"왜 연락도 없이 왔어?"

"너 놀라게 해 주려고."

그의 대답은 간단했지만, 그 한마디에 모든 서운함이 사라졌다.

우리는 점심시간 내내 서로의 근황을 나누고, 장난을 주고 받으며 웃었다.

이도현이 전학 온 뒤 하루하루가 달라졌다.

짜증 나는 일도, 힘든 일도, 이도현이 곁에 있다는 것만으로 모두 괜찮아졌다.

행복이 흘러넘쳐, 학교에서도, 집에서도 나는 매일 웃을 수 있었다.

아마, 이도현은 내게 행복을 찾아 주고, 행복하게 만들어 주는 그런 존재였던 것 같다.

같은 공간에 있다는 것만으로도 충분히 행복했다.

꿈에서 다시 만난 인연처럼, 현실에서도 이어진 우리의 인연은 내 일상에 새로운 빛을 더해 주었다.

꿈에서 만난 인연은 단순한 환상이 아니라,

내 마음 깊은 곳의 소망과 갈망, 그리고 다시 시작되는 희망의 신호일 수 있다.

꿈속에서 다시 만난 사람이 현실에서 나타난다면, 그건 내 삶에 새로운 의미와 변화를 가져다주는 특별한 순간임을 의미한다.

달력을 한 장 넘기니,

어느새 10월. 공기는 여름보다 한결 서늘해졌고,

거리의 사람들도 조금씩 가을의 깊이를 느끼기 시작했다.

서랍 깊숙이 넣어 두었던 긴 팔과 긴 바지를 꺼내고, 포근한 이불로 갈아입히고, 향수도 바꿨다.

여름 내내 썼던 레몬 향은 잠시 쉬고, 따뜻하고 달콤한 바닐라 향을 골랐다.

매장 진열대에서 시향을 해 보니 포근하고 부드러운 향이 가을과 딱 어울려 홀린 듯이 집어 들었다.

레몬 향수 옆에 바닐라 향수를 나란히 놓으니 왠지 모르게 기분이 좋았다.

후회 없는 소비라는 생각에 뿌듯했다.

10월이 되니 변하는 게 많았다.

초록이던 나뭇잎은 빨갛고 주황빛으로 물들고, 낮보다 밤이 더 길어졌다.

산책길엔 다람쥐가 바쁘게 뛰어다니고, 하늘엔 철새들이 무리를 지어 날았다.

어른이 되기 전 마지막 여름이 벌써 지나갔다는 게 조금은 쓸쓸했다.

올해의 여름을 떠올리면 항상 이도현이 함께 있었다.

문득 생각했다.

이도현에게 내 마음을 제대로 전해 준 적이 있었던가?

고맙다는 말만 반복했지, 진짜 내 진심을 전한 적은 없었던 것 같다.

그래서 용기 내어 편지를 쓰기로 했다.

처음엔 연필이 자꾸 멈췄다.

머릿속에 하고 싶은 말은 가득한데 막상 쓰려니 어떻게 시작해야 할지 몰랐다.

그래도 결국, 고민을 접고 그냥 마음 가는 대로 써 내려갔다. 한 장, 두 장, 세 장.

이번엔 다 쓰고 나서 다시 읽지도 않았다.

읽다가 민망해져서 구겨 버릴까 봐. 그냥 봉투에 담아 가방 앞주머니에 넣었다.

내일, 꼭 전해 주기로 다짐했다.

3장 여름의 끝물

한 글자에 담긴 마음

창밖은 이미 어두웠다.

여름이었다면 아직 환했을 텐데, 가을밤은 일찍 찾아왔다.

찬 바람이 불어와 창문을 닫고 이불 속에 파묻혀 내일 편지를 전할 수 있을지 괜히 쓸데없는 걱정을 했다.

늘 그랬다. 쓸데없는 고민을 하다 결국엔 내가 하고 싶은 대로 행동했다.

오늘도, 내일이 되면 결국 편지를 전할 나를 알기에 고민은 그만하고 푹 자기로 했다.

    시원한 바람이 부는 아침, 엄마의 손길에 잠에서 깼다. 평소보다 10분 늦게 일어나 부랴부랴 씻고, 아침밥도 향수도 건너뛴 채 학교로 향했다.

    조례 전까지 자리에 엎드려 있다가 누군가 등을 툭툭. 선생님인 줄 알고 벌떡 일어났더니

이도현이었다.

아침부터 환하게 웃는 얼굴에 나도 모르게 미소가 번졌다.

"좋은 아침."

"응, 너도 좋은 아침."

간단한 인사를 나누고 수업이 시작됐다.

지루한 시간 속에서도 틈틈이 이도현과 눈을 마주치며 종례가 다가왔다.

종례가 일찍 끝나고 교실엔 나 혼자 남았다.

가방을 챙기고, 옷매무새를 정리하며 교실 불을 껐다.

텅 빈 교실을 둘러보며 나는 마지막을 준비했다.

한 글자, 한 글자 진심을 담아 쓴 편지처럼 내 마음도,

3장 이 계절도 조금씩 깊어지고 있었다.

여름의 끝물

추위질수록 가까워지는

'아, 맞다. 편지.'

이도현에게 편지를 전하는 걸 깜빡했다.

오늘따라 모든 게 잘 풀리지 않는 날 같았다.

신발장으로 향하니, 그곳에 기대어 있는 이도현이 보였다.

능청스럽게 왜 이렇게 늦게 나오냐고 장난을 치는 모습에 나도 모르게 웃음이 번졌다.

오늘은 학원에 가야 했지만, 시간이 애매해 집에 들르지도 못하고 조금은 느긋하게 준비해 나왔다.

괜히 이도현을 기다리게 했다는 생각에 미안했지만, 편지를 전할 수 있다는 안도감이 더 컸다.

가방 앞주머니에서 하얀 편지 봉투를 꺼냈다. 봉투 가운데 별 모양 스티커까지 신중하게 골랐다.

이도현은 순간 당황한 듯 동그란 눈으로 나를 바라보다 얼떨결에 편지를 받았다.

어색함을 감추려 "어제 시간이 남아서 써 봤다."라고 말하자,

이도현은 편지와 나를 번갈아 보다가 반달 모양으로 눈이 접히며 환하게 웃었다.

고맙다며 집에 가자마자 읽겠다고, 소중하게 가방에 넣었다.

이도현은 집에 같이 가자고 했지만 나는 학원에 가야 해서 안 될 것 같다고 몇 번이나 사과했다.

이도현은 괜찮다며, 교문까지만 함께 가자고 했다.

우리는 나란히 복도를 걸었다.

오늘 종례 때 선생님 표정, 급식의 돈가스, 수학 시간에 졸렸던 일 등 별것 아닌 이야기를 나누며 계단을 내려갔다.

운동장을 가로지르며 햇살과 선선한 바람, 그리고 바람에 실려 오는 이도현의 익숙한 섬유유연제 향기가 코끝을 간질였다.

별다를 것 없는 평범한 대화, 체육 선생님의 패션 이야기에 웃는 이도현의 얼굴을 보며 그저 다행이라는 생각이 들었다.

깊은 이야기가 아니어도 이 순간만큼은 편안하고, 행복했다.

생각해 보면, 우연히 만난 엄마 친구의 아들이 내 인생의 큰 부분을 차지하게 될 줄은 몰랐다.

단순한 엄마 친구 딸, 아들의 관계를 넘어 이도현은 내 청춘의 중심이자 내 속마음을 가장 잘 알아주는 진정한 친구였다.

우리는 서로에게 불안정하고 흔들릴 때마다 기댈 수 있는 존재였다.

행복은 나누면 두 배가 되었고, 슬픔은 나누면 반이 되었다.

내 곁에 친구 백 명보다 이도현 한 명이면 충분하다고 느꼈다.

내 속마음을, 비밀을 아무 망설임 없이 털어놓을 수 있는 유일한 사람.

엄마에게도, 오래된 친구에게도 하지 못한 이야기를 이도현에게는 자연스럽게 하게 됐다.

그 미소를 보면 믿음이 가고, 기대고 싶어졌다.

나는 늘 혼자 견디는 데 익숙했지만 이도현을 만나 내 마음도, 삶도 한층 더 단단해졌다.

이도현의 위로와 내 노력, 그 두 가지가 더해져 나는 더 성장할 수 있었다.

속마음을 참되게 알아주는 친구,

내 인생의 가장 소중한 인연.

이런 친구가 곁에 있다는 것은 인생에서 가장 큰 행운이라는 것을 이제야 진심으로 깨달았다.

낯선 바람에 기대어

"잘 가."

이도현의 짧은 인사에 정신이 번쩍 들었다.

나는 어느새 교문 앞에 와 있었고, 이도현이 무슨 이야기를 했는지조차 제대로 기억나지 않았다.

운동장을 함께 걸으며 딴생각에 빠져 정작 옆에 있는 이도현의 말은 흘려들었다.

아쉬움이 남았지만, 학원에 가야 했기에 이도현과 인사를 나누고 헤어졌다.

학원에서 지루하지만 열심히 수업을 듣고 집에 돌아오자마자 피곤함에 눕고 말았다.

씻고, 저녁도 거른 채 침대에 누워 불을 끄려던 순간, 휴대폰에 이도현에게서 메시지가 도착했다.

"잘 자."

단 한 문장. 하지만 그 한마디에 마음이 따뜻해졌다.

나도 진심을 담아 답했다.

"너도 잘 자."

누군가에겐 평범한 인사일지 몰라도 나에겐 하루의 끝을 포근하게 감싸 주는 말이었다.

그 애가 편안히 잠들기를, 좋은 꿈을 꾸기를 바라며 나도 잠에 들었다.

가을의 끝자락, 창밖으로 우수수 낙엽이 떨어지는 계절이 찾아왔다.

겨울로 넘어가는 길목. 아직 한겨울처럼 춥진 않지만 아침

저녁으로는 제법 쌀쌀했다.

학교 가는 길, 따뜻한 색의 낙엽을 밟으며 걷는 소리가 기분을 좋게 했다.

점심시간이면 매점에서 빵을 사 운동장을 걷기도 했다.

이도현은 내 모습을 유심히 지켜보다 주말에 같이 공원에 가서 낙엽을 밟자고 제안했다.

혼자만의 계절을 보내는 대신,

함께 가을을 만끽할 수 있다는 생각에 기분이 좋아졌다.

일요일, 나는 하얀색 니트와 청바지, 롱코트를 입고 공원으로 향했다.

공원 입구에는 이미 이도현이 먼저 와 있었다.

서로 코트를 입은 모습에 괜히 우연한 듯 웃음이 났다.

나란히 낙엽을 밟으며 걷는 길, 바스락거리는 소리가 더 크게 들렸다.

강물은 잔잔히 흐르고, 다람쥐가 바쁘게 뛰어다녔다.

벤치에 앉아 책을 읽는 사람, 커피를 마시는 사람, 이어폰을 끼고 걷는 사람, 각자만의 방식으로 가을을 보내고 있었다.

그리고 나도, 내 곁의 이도현과 함께 우리만의 가을을 걷고 있었다.

겨울이 오자, 이제는 쌀쌀함을 넘어 찬바람이 옷깃을 파고들었다.

집 안에는 보일러가 켜지고 사람들은 두꺼운 패딩을 꺼내 입었다.

아침에 이불 밖으로 나오는 것도 점점 더 힘들어졌다.

그래도 학교에 가면 이도현과 함께하는 시간이 기다리고 있었다.

여름에 만나 가을, 겨울을 함께 보냈다.

계절은 변해도 내 곁에 있는 이도현과의 시간은 변하지 않았다.

그동안 우리는 서로의 곁에서 변화와 성장, 그리고 소중한 추억을 쌓아갔다.

계절이 바뀌어도 함께 걷는 이 시간이 내 인생에서 가장 따뜻한 순간임을 이제는 확실히 알게 되었다.

말하지 않아도 마음에 남는 것들이 있다

찰나이기에 더 또렷한

이름 없는 계절의 끝에서

마음에도 계절이 있다면

기억이 머무는 방향으로

아직 쓰이지 않은 문장처럼

달라진 건 마음뿐이었다

흩날리는 시간의 가장자리

낯선 창가에 머문 바람

꿈에서조차 너는 나를 알아봤다

기억보다 선명한 순간

읽지 않은 말들

4장

졸업식

4장 좋아서

말하지 않아도 마음에 남는 것들이 있다

창문 틈새로 스며드는 겨울바람이 코끝을 찌르며 나를 깨웠다.

창문을 닫아도, 그 차가운 기운은 마치 내 마음속 깊은 곳까지 파고드는 듯했다.

몸을 일으켜 창문을 한 번 더 꼭 닫고, 창밖을 바라봤다.

아직 해가 뜨기 전의 새벽, 도로 위에는 신호를 기다리는 차들과 어디론가 부지런히 향하는 사람들이 있었다.

그들의 모습은 내 일상과는 무관해 보였지만, 왠지 모르게 그 부지런함이 부럽게 느껴졌다.

오늘은 토요일.
엄마도 일하러 나가고 집엔 나 혼자 남았다.
이불 속에 다시 몸을 묻었지만, 한 번 스며든 겨울 공기 때문인지 잠은 쉽게 오지 않았다.
이불 속에서 뒤척이며 문득, 이도현이 떠올랐다.
생각만 해도 가슴 어딘가에 따스한 온기가 번지는 이름.
평범한 일상 속에 자꾸만 스며드는 그 존재는 내 마음에 깊이 각인되어 있었다.

일어나서 씻고, 엄마가 늘 하던 말이 생각나 수면양말을 꼼꼼히 신었다.
발끝이 따뜻해지면 마음도 조금은 포근해지는 것 같았다.
주방에서 일주일 전에 산 콘수프를 꺼내 뜨거운 물에 타서 천천히 저었다.
옥수수의 달콤한 향이 퍼지고 따뜻한 수프 한 숟갈이 차가운 몸을 노곤하게 녹였다.

이 작은 온기마저도 왠지 이도현이 곁에 있는 듯한 착각을 불러일으켰다.

거실 소파에 앉아 TV를 켜고 예능 프로그램에 웃음 짓던 그때, 휴대폰이 진동했다.

처음엔 무심코 넘겼지만, 두 번째 알림에 자연스럽게 손이 휴대폰으로 갔다.

화면을 켜자 '오늘 뭐 해?' 이도현의 메시지가 떴다.

순간, 가슴 한가운데에서 잔잔한 감정의 파동이 일어나는 듯했다.

'나 오늘 뭐 안 해. 그냥 쉬다가 카페 가려고.'

답장을 보내자마자 '같이 갈래?' 라는 메시지가 도착했다.

오랜만에 이도현과 카페에 간다는 생각에 나도 모르게 미소가 번졌다.

2시간 뒤 집 앞에서 만나기로 약속하고 TV를 끄고, 욕실에서 따뜻한 물로 몸을 녹였다.

거울 앞에 서서 카키색 줄무늬 티셔츠, 갈색 바지, 검은 패딩, 목도리까지 하나하나 신경 써서 입었다. 마지막으로 향수를 두어 번 뿌렸다.

가방에 이어폰, 노트, 필통, 지갑을 챙기고 1층으로 내려가니

하얀 니트에 청바지, 갈색 가죽 재킷, 체크무늬 목도리를 두른 이도현이 나를 기다리고 있었다.

"이도현."

내가 부르자, 이도현은 익숙한 미소로 나를 맞았다.

따뜻하게 준비해 온 핫팩을 말없이 내 손에 쥐여주는 그 순간,

나는 또 한 번 내 마음속에 이 아이가 깊이 새겨지는 걸 느꼈다.

세심한 배려, 함께 걷는 길, 나란히 마시는 따뜻한 커피.

이 모든 순간이 내 마음 구석구석에 선명하게 각인됐다.

누군가를 생각만 해도 마음이 따뜻해지고, 그 이름만 들어도 가슴이 저릿해지는 경험.

내 삶에 스며든, 잊을 수 없는 사람이다.

마음에 각인된, 계절이 바뀌어도 일상이 달라져도 지워지지 않는 한 사람.

그 이름만으로 내 하루가 특별해지는

4장 졸업식

나만의 소중한 인연이다.

찰나이기에 더 또렷한

  카페 문을 열고 들어서자, 겨울 공기와는 대조적으로 따뜻한 온기가 온몸을 감쌌다.

  실내는 세련되면서도 옛 감성이 묻어나는 인테리어, 나무로 된 테이블과 은은한 조명, 벽에는 오래된 사진과 작은 화분들이 놓여 있었다.

  1층은 대화 소리와 커피 내리는 소리로 북적였지만 우리는 조용함이 감도는 2층 창가 자리에 자리를 잡았다.

창밖에는 겨울 햇살이 희미하게 비치고, 나무들은 이미 잎을 다 떨군 채 차분히 겨울을 맞이할 준비를 하고 있었다.

창가에 앉으니 바깥의 쓸쓸함과 카페 안의 포근함이 극명하게 대비되어 더욱 아늑하게 느껴졌다.

나는 유자차, 이도현은 핫초코를 주문했다.

진동벨이 울리자 이도현은 말없이 1층으로 내려가 두 손에 따뜻한 머그잔을 들고 올라왔다. 유자차를 건네받아 한 모금 마시니 달콤쌉싸름한 유자 향이 입안에 퍼지고 따뜻한 온기가 손끝에서부터 천천히 몸속을 데웠다.

나는 가방에서 노트와 연필을 꺼내 창밖을 바라보며 그림을 그리기 시작했다.

버스 정류장에 앉아 커피를 마시는 사람. 회색 목도리와 검은 코트. 헤드폰을 낀 채 고요히 세상을 바라보는 모습이 왠지 모르게 겨울과 잘 어울렸다.

연필로 조심스럽게 선을 긋고, 디테일을 살피며 집중하다 보니 시간이 흐르는 것도 잊었다.

이어폰을 귀에 꽂고 잔잔한 어쿠스틱 음악을 들으며 창밖 풍경과 카페의 따뜻한 공기, 그리고 이도현의 존재까지 모든 것이 한 장면처럼 마음에 새겨졌다.

그림을 거의 다 그려갈 무렵,

버스가 정류장에 멈추고 내가 그리던 사람은 어느새 사라졌다.

아쉬움 속에 기억을 더듬어 그림을 완성했다.

"잘 그리네."

이어폰 너머로 들려온 이도현의 목소리에 나는 깜짝 놀라 그를 바라봤다.

이도현은 내 그림을 유심히 들여다보며 자기도 그려달라고 부탁했다.

나는 창밖을 바라보는 이도현을 조심스럽게 노트에 담았다.

그를 한 번, 노트를 한 번 번갈아 바라보며 짧은 순간이지만 이 장면이 오래도록 기억에 남을 것 같은 묘한 설렘이 가슴에 차올랐다.

그림을 건네자 이도현은 진심 어린 감탄을 남기고 그림을 소중히 챙겼다.

카페를 나서니 겨울 저녁의 찬 공기가 다시 피부를 파고들었다.

붕어빵 노점에서 서로 다른 맛을 골라 들고, 아주머니가 "커플 같다."라고 말하며 하나 더 챙겨주는 순간. 짧은 만남이지만 이 하루가 마치 천 년처럼 길고 선명하게 마음에 남을 것 같았다.

집에 돌아와서도 이도현의 말 한마디, 함께한 풍경, 따스한 온기와 설렘이 계속 머릿속을 맴돌았다.

짧은 한순간이 천 년처럼 길게 남는 기억이 되는 날.

좋아하는 사람과의 하루는 언제나 오래, 깊게 마음에 각인된다.

이름 없는 계절의 끝에서

'졸업을 축하합니다.'

학사모를 쓴 3학년 전체가 강당에 모였다.

아직 실감이 나지 않았다. 내가 정말 어른이 된다는 것, 이제 미성년자의 마지막을 보내고 새로운 출발선에 선다는 사실이 가슴 한쪽을 올컥하게 만들었다.

하지만 마지막 졸업식을 슬프게 보내고 싶지는 않아 애써 눈물을 참았다.

교장선생님의 말씀이 이어졌다.

예전엔 늘 지루하게만 느껴졌던 말씀이 오늘은 왠지 마음에 오래 남았다.

"여러분의 청춘은 아직 끝난 게 아닙니다. 이제 시작입니다. 인생은 길고, 여러분은 아직 인생의 반도 살아 보지 않았습니다. 어른이라는 단어가 무겁게 느껴질 수도 있겠지만 아직 여러분은 어립니다. 하고 싶은 게 있다면 마음껏 해 보세요. 그 길이 아니라고 생각되면 다시 돌아오면 됩니다. 매일을 설레는 마음으로 살아간다면 여러분은 언제나 행복한 청춘을 이어 갈 수 있습니다."

마치 내 고민을 다 알고 있는 듯 위로가 되는 말이었다.

불안함이 스며들던 그 순간, 뒤를 돌아보니 이도현과 눈이 마주쳤다.

이도현은 살며시 웃으며 입모양으로 '졸업 축하해.'라고 말했다.

내 앞에는 든든한 친구가 있었다.

괜히, 일어나지도 않은 먼 미래를 걱정할 필요는 없다는 생각이 들었다.

지금 이 순간을, 이 청춘의 마지막을 최대한 즐기기로 했다.

이도현은 1년도 되지 않는 짧은 시간 동안 나와 같은 학교, 같은 반에서 졸업했다.

3년 가까이 다닌 전 학교를 두고 나를 위해 전학을 온 이도현이 너무나도 고마웠다.

내가 이도현이었다면 과연 이렇게 할 수 있었을까, 스스로에게 되묻기도 했다.

졸업 후 혹시 대학이 달라져 멀어진다 해도 나는 이도현을 절대 잊지 않고 매일 연락하며 평생 친구로 곁에 두겠다고 다짐했다.

이도현은 내 인생에서 절대 빼놓을 수 없는 소중한 존재였다.

교장선생님의 말씀이 끝나고 모두 가족을 찾아 흩어졌다.

나와 이도현도 각자의 부모님을 찾아 함께 꽃다발을 받고 네 명이서 사진을 찍었다.

그리고 이도현과 단둘이 학사모를 쓴 채 서로 꽃다발을 들고 학교 앞에서 사진을 남겼다.

기분이 오묘했다.

유치원, 초등학교, 중학교, 고등학교 네 번의 졸업을 했지만 이번만큼은 정말 특별했다.

머릿속에는 유치원 때부터 지금까지의 추억이 주마등처럼 스쳐 갔다.

오늘, 그 마지막 장면엔 이도현이 있었다.

나는 이도현에게 짧지만 진심을 담아 말했다.

"고마워." 이도현은 말없이 웃어 주었다. 그 미소에 나도 웃을 수 있었다.

엄마들은 잠시 자리를 비웠고 우리는 졸업장을 들고 나란히 집으로 걸었다.

교복을 입은 마지막 내 모습을 조용히 바라보았다.

이도현이 나를 보며 갑자기 물었다.

"넌 꿈이 뭐야?"

나는 잠시 멈췄다. 어릴 때부터 꿈이나 장래희망을 묻는 말이 싫었다.

금세 바뀔 것 같고 이룰 수 없을까 봐 늘 '몰라요.'라고 대답했었다.

하지만 이제는 조금 달랐다.

"세상 누구보다 행복한 사람. 너는?"

이도현은 한 치 망설임도 없이 답했다.

"누군가에게 희망을 찾아 주고, 행복을 알려 주는 사람."

생각해 보면 우리는 이미 서로의 꿈을 이뤄주고 있었는지도 모른다.

이도현 덕분에 나는 행복했고, 나는 이도현에게 희망과 행복을 배웠다.

새로운 시작 앞에 떨리기도 하지만 혼자가 아닌 둘이기에 함께 걸어온 길이 우리를 더 강하게 만들어 줄 것이다.

시작이 있으면 끝이 있다. 하지만 끝은 또 다른 시작이기도 하다.

우리의 청춘은 이제 새로운 계절을 향해 조용히, 그러나 힘차게 나아가고 있다.

4장 좋아서

마음에도 계절이 있다면

깊은 겨울밤, 조용하고 적막한 놀이터에 홀로 앉았다.

희미한 가로등 불빛 아래 그네에 앉아 있자니, 쇠사슬이 바람에 흔들리며 내는 소리와 길게 드리운 그림자만이 나를 감쌌다.

어릴 적 친구들과 술래잡기를 하며 넓다고만 여겼던 이 놀이터도 이제는 한없이 작고 낯설게 느껴졌다.

나는 천천히 놀이터를 한 바퀴 돌았다.

예전엔 가볍게 오르던 미끄럼틀도 이젠 몸을 구겨야 겨우 탈 수 있었다.

핑크색 구두를 신던 다섯 살의 나와 헤진 운동화를 신은 지금의 나는 마음가짐도, 표정도 모든 것이 달라져 있었다.

어릴 땐 아무 걱정 없이 행복했는데, 지금은 아직 오지 않은 미래까지 걱정하며 앞이 막막하게 느껴졌다.

스무 살.

성인의 첫발을 내딛는 게 두렵기도 했다.

이제는 내 마음대로만 살 수 없고 수많은 사람들과 부딪히며 상처받고, 스스로를 지켜내야 한다는 사실이 어깨를 무겁게 했다.

그래도 내 인생은 내가 살아가는 것.

마음가짐에 따라 행복도, 불행도 달라진다는 걸 조금씩 깨닫고 있었다.

그리고, 내가 나를 믿을 수 있게 된 것도 곁에서 함께해 준 그 애 덕분이었다.

혹시나 하는 마음에 놀이터 한구석 풀숲에서 어릴 적 찾았던 네잎클로버를 다시 찾아봤다.

겨울밤, 몸을 낮추고 두 눈을 크게 뜨고 찾아봤지만 보이는 건 세잎클로버뿐이었다.

조금 실망했지만 이미 꺾은 세잎클로버를 조심스럽게 챙겨 집으로 돌아왔다.

차가운 손으로 집에 들어와 이불 속에 파묻혀 세잎클로버를 바라보다가, 문득 그 꽃말이 궁금해져 검색했다.

'세잎클로버의 꽃말은 행복입니다.'

처음 알았다.

행운만을 찾아다니느라 정작 내 곁에 있던 행복을 오랫동안 모르고 지나쳤던 것이다.

행복은 멀리 있는 것이 아니라 내가 발견하고, 내가 받아들이는 순간 깃털처럼 가볍게 내 마음에 내려앉는다.

오늘, 나는 내가 직접 내 행복을 찾아 손에 쥐고, 내 방에 가져왔다.

행복은 거창하지 않아도, 아주 작은 순간 아주 사소한 것에서 새처럼 가볍게 내 곁에 머물러 있다는 걸 비로소 알게 되었다.

행복은 새털보다 가벼워 마음먹기에 따라 언제든 손에 쥘 수 있다.

4장 졸업식

기억이 머무는 방향으로

아침부터 거실에서 분주한 소리가 들렸다.

졸린 눈을 비비며 나가 보니, 엄마가 부지런히 나갈 준비를 하고 있었다.

무슨 일인지 물으니, 엄마는 눈길도 주지 않고 "일어났으면 씻고 나갈 준비해."라고만 했다.

영문도 모른 채 화장실로 가 씻고, 방에서 빨간 후드티와 청바지, 그리고 향수를 뿌리고 나왔다.

엄마에게 어디 가냐고 물으니 상상하지 못한 대답이 돌아왔다.

몇 시간에 걸쳐 도착한 곳은 오랜만에 찾은 시골집이었다.

차 안에서 내내 잠을 자다 일어나 마룻바닥에 대자로 누웠다.

익숙한 천장, 변하지 않은 시골의 향기, 달라진 건 쌓인 먼지뿐이었다.

쪽마루에 앉아 겨울 풍경을 천천히 눈에 담았다.

앙상한 나뭇가지 위엔 하얀 서리가 내려앉고, 굴뚝마다 연기가 피어올랐다.

냇가에는 얇게 언 얼음이 금이 가고 그 사이로 차가운 물이 졸졸 흘렀다.

모든 풍경이 낯설지 않고, 오히려 더 소중하게 느껴졌다.

저 멀리 파란 지붕의 담장에 새로 그려진 벽화가 눈에 들어왔다.

빨간 꽃, 하얀 나비, 그리고 이도현. 벽화를 바라보고 있는데 실제로 이도현이 내 앞에 나타났다.

하얀 목도리를 두르고 생글생글 웃으며 다가오는 모습에

반가움이 먼저 밀려왔다.

엄마와 이도현의 어머니까지 모두 함께 시골에 온 것이었다.

서로 눈을 마주치며 말없이 웃었다.

이도현은 자연스럽게 내 옆에 앉아 함께 겨울 시골 풍경을 바라봤다.

여름의 푸르름과는 또 다른 겨울만의 고요하고 깊은 아름다움이 있었다.

익숙해진 겨울 풍경 속에서 나는 이도현을 바라봤고, 이도현도 나를 바라봤다.

서로 아무 말 없이 서로의 얼굴을 한동안 바라보았다.

추위에 빨개진 코, 서글서글한 눈매, 그리고 그 눈동자 속에 비친 내 모습.

내가 이도현의 눈에 어떻게 비칠지 괜히 귀까지 빨개지는 걸 느꼈다.

엄마들이 카페에 다녀오겠다며 자리를 비우자 우리는 조용히 인사를 나눴다.

"오랜만이다."

"그러게."

짧은 대화 뒤 우리는 각자의 생각에 잠겼다.

몇 달 전의 우리와 지금의 우리는 분명 달라져 있었다.

여름의 청춘을 맘껏 즐기던 우리는 이제 겨울의 고요함 속에서 어른이 되는 문턱에 서 있다.

겉모습은 그대로지만 마음속에는 작은 성숙이 자리 잡았다.

19년 동안 익숙했던 미성년자의 나를 보내고 새로운 어른의 나를 맞이할 준비를 하고 있었다.

아쉬움과 기대, 두 감정이 교차했다.

'맺음을 소중히 여기고, 새로운 시작을 계획하라'라는 뜻처럼,

나는 이제 지난 시간을 소중히 간직하며 다가올 새로운 계절을 조금 더 단단한 마음으로 맞이할 준비를 한다.

4장 졸업식

아직 쓰이지 않은 문장처럼

  찬바람이 스며들까 봐 집 안의 문을 모두 닫고, 방 안에 들어와 앉았다.

  무엇을 할까 방을 둘러보다가 몇 달 전 책상 서랍에 두고 간 종이와 필통이 떠올랐다.

  이도현과 마주 앉아 종이접기를 할지, 그림을 그릴지 고민하다가 이도현이 조심스럽게 제안했다.

  "곧 새해잖아. 우리 버킷리스트 써 볼래?"

그 말에 우리는 종이를 반으로 잘라 각자 버킷리스트를 적기 시작했다.

어른이 된 내가 하고 싶은 일이 뭘까 한참 고민하다 이도현을 슬쩍 바라보니 그는 이미 술술 써 내려가고 있었다.

내 종이는 아직도 새하얗기만 했다.

별거 아니라고 생각하며 마음 가는 대로, 이루어진다는 보장 없이 그저 해 보고 싶은 것들을 하나하나 적어 내려갔다.

사소한 것들이라도 내가 원하는 것, 지금 떠오르는 모든 것을 담았다.

종이가 어느새 빼곡해졌다.

뿌듯한 마음으로 고개를 들어보니 이도현은 이미 다 쓰고 내 종이를 힐끗 바라보고 있었다.

민망해 손으로 종이를 가리니 이도현이 말했다.

"바꿔서 읽어 보자."

조금 부끄러웠지만 서로의 종이를 맞바꿔 읽었다.

이도현의 버킷리스트

상처 되는 말 함부로 하지 않기

많이 웃기

밤 산책하며 아이스크림 먹기

쉽게 행동하는 사람에게 정 주지 말기

좋고 싫은 건 바로바로 말하기

많이 울어도 보고, 화도 내보기

배려와 친절을 당연하게 여기지 않기

기회가 온다면 꼭 잡기

직접 돈 벌어 보기

새벽에 산책하기

이도현의 버킷리스트를 읽으며 그가 감정에 솔직한 사람이라는 걸 다시 한번 느꼈다.

기쁘면 크게 웃고, 슬프면 잠시 조용해지고, 화가 나면 눈을 감고 가만히 있는 그 모습이 왠지 멋져 보였다.

내 리스트를 읽던 이도현은 조용히 웃다가 고개를 들고 말했다.

"너, 되게 낭만적이다."

의외의 말에 당황해 다시 묻자 이도현은 구체적으로 설명했다.

"비 오는 날 우산 없이 비 맞아 보기, 사진 직접 찍어서 그림 그려 보기, 별이 가득한 밤하늘 보며 노래 듣기. 별거 아닌 것 같은데, 되게 낭만적이야."

그저 해 보고 싶은 걸 적었을 뿐인데 이렇게 좋게 봐주니 괜히 기분이 좋아졌다.

쑥스러움에 나도 "너도 되게 잘 썼다."라고 말했다.

서로의 리스트를 읽고 자연스럽게 고민 상담이 이어졌다.

예전엔 내 고민만 털어놓았지만, 이제는 이도현도 자신의 고민을 솔직하게 나에게 털어놓았다.

서로의 고민을 나누며 우리는 서로를 더 믿게 되었고, 누군가에게 의지할 수 있다는 게 참 든든하고 뿌듯했다.

이도현이 나를 믿는 만큼 나도 그 믿음에 보답하고 싶다고 마음속으로 다짐했다.

고민을 나누고 마음이 한결 가벼워진 우리는 밖으로 나가서 차가운 겨울 공기를 들이마시며 기지개를 켰다.

해는 이미 져 있었고, 부모님들은 아직 돌아오지 않았다.

잠시 쪽마루에 나란히 누워 시시콜콜한 이야기를 나누다 나는 어느새 포근한 겨울밤에 잠이 들고 말았다.

끝이 있기에 다시 시작할 수 있다.

서로의 희망을 나누며 우리는 또 한 번 새로운 계절을 맞이할 준비를 한다.

달라진 건 마음뿐이었다

"시은아, 일어나 봐."

이도현이 조심스럽게 나를 깨웠다. 미안한 표정으로 말했다.

"안 깨우고 싶었는데, 지금 하늘에 별이 많길래…."

눈을 뜨고 고개를 들어보니, 수십 개의 별이 쏟아질 듯 밤하늘을 가득 메우고 있었다.

지금까지 살아오며 본 밤하늘 중 가장 많은 별, 가장 반짝이는 별들이었다.

고요한 시골의 밤, 별빛만이 세상을 환하게 비추고 있었다.

영화 속 한 장면 같은 풍경에 나는 한동안 넋을 놓고 하늘을 바라봤다.

이제 또다시 도시로 돌아가는 기차 안이다.

창문 너머로도 아까 봤던 별들이 여전히 반짝이고 있었다.

별을 바라보다가, 문득 이도현이 해 줬던 말이 떠올랐다.

"사람들은 모두 자신이 행복하기만을 바라지만,

길가에 피어난 새싹도 햇빛만 받아선 자랄 수 없잖아.

때때로 흐린 비도 맞아야 자라는 거야.

그러니까, 사람도 항상 행복할 수만은 없어.

가끔은 슬프고 힘든 게 당연한 거야.

그래야 더 단단해질 수 있으니까."

진지하게 내 고민을 들어주던 이도현의 얼굴이 함께 떠올랐다.

그 말을 들은 뒤로 한참을 생각했다.

나는 항상 행복하기만을 바랐던 건 아닐까,

행복하지 않으면 잘못된 것처럼 여겼던 건 아닐까.

하지만 이도현의 말처럼 누구나 행복을 원할 수 있지만, 행복하지 않은 순간이 찾아오는 것도 삶의 자연스러운 일부라는 걸 조금씩 받아들이게 됐다.

돌이켜보면, 내 하루에도 좋은 일과 나쁜 일이 늘 함께 있었다.

모든 게 나쁘게만 느껴졌던 날에도 늦은 밤 "잘 자."라는 이도현의 메시지가 그날의 작은 행복이 되어 주곤 했다.

삶에서 항상 행복만 가득할 수 없고, 슬픔과 어려움이 있을 때 비로소 더 단단해지고 성장할 수 있다는 걸 이도현이 알려 주었다.

늦은 밤, 이도현과 그의 어머니가 우리 집에 왔다.

아마 엄마가 새해 카운트다운을 함께 하자고 부른 듯했다.

12월 31일, 밤 11시 30분. 어른이 되기까지 30분이 남았다.

설렘과 걱정, 그리고 이도현과 함께 새해를 맞이한다는 기쁨이 묘하게 뒤섞였다.

우리는 오랫동안 이야기를 나누며 어른이 되는 순간을 기다렸다.

거실에서 들리는 환호성에 휴대폰을 확인하니 어느새 1월 1일,

나는 어른이 되어 있었다.

단 1초 만에 열아홉의 청춘이 지나가고 스물의 새로운 시간이 시작됐다.

이도현과 눈을 맞췄다. 이도현은 내 눈을 바라보며 조용히 말했다.

"내가 장담하건대, 스물의 너는 반드시, 꼭 행복할 거야."

만물은 바뀌고, 별도 옮겨가며, 세월은 끊임없이 계속 흘러간다.

변화와 흐름 속에서도 우리의 소중한 순간들은 별빛처럼 오래도록 마음에 남을 것이다.

흩날리는 시간의 가장자리

정문을 지나자 넓고 새로운 길이 펼쳐졌다.

낯선 건물들, 바삐 오가는 사람들, 모르는 이들의 웃음소리까지 모든 것이 새로웠다.

자유로움과 동시에 알 수 없는 긴장과 떨림이 스며들었다.

고등학교 때와는 확실히 달랐다.

누군가 챙겨주거나 이끌어 주는 사람 없이 모든 선택과 책임이 오롯이 내 몫이 되었다.

한 걸음 내디딜 때마다 기대와 불안이 교차했다.

앞으로 나아가야 할 길은 끝이 보이지 않았지만 이 변화 속에서 천천히 나만의 속도를 찾아가기로 마음먹었다.

모든 것이 낯설었다.

새로운 환경, 새로운 사람들 내 주변은 온통 새로움뿐이었다.

아는 사람도, 기댈 사람도 없이 스스로 부딪히고 적응해야 했다.

오는 질문엔 어색하게 답하고, 칭찬엔 어색하게 웃었다.

스무 살. 크게 달라진 건 없었다.

바뀐 건 내가 할 수 있는 일, 해야 할 일 정도였다. 나 자신은 여전히 같았다.

달라진 게 있다면 마음가짐뿐.

주변 사람들은 친절했고, 모르는 게 있으면 도와주고 먼저 말을 걸어 주는 이도 있었다.

하지만 아직은 깊은 친분을 쌓을 만한 친구는 없었다.

수업을 듣고, 학교를 걷다 보면 모두가 각자 살아가기 바빠 보였다.

대학생이 되어 과제와 아르바이트를 병행하는 일상은 생각보다 훨씬 더 벅찼다.

원하던 대학에 합격해 이모네 집에서 지내며 스스로 돈을 벌기 위해 아르바이트를 시작했다.

아직 모든 게 어색하고 힘들었지만, 스무 살의 패기로 하루하루를 버텼다.

오늘도 학교가 끝나자마자 카페 아르바이트를 하러 뛰어갔다.

정신없이 바쁜 하루를 보내고 집으로 돌아가는 길.

복숭아 아이스티 한 잔을 들고 이어폰을 귀에 꽂았다.

남색 하늘 아래 높은 건물의 불빛, 벚꽃이 만개한 거리, 차가운 바람과 함께 흩날리는 벚꽃잎이 왠지 모르게 마음을 울렸다.

혼자 걷는 길. 각자 바쁘게 살아가는 사람들. 그리고 문득 떠오르는 그 이름.

서로 바쁘게 살아가느라 연락 한번 하지 못했지만 힘들 때마다 떠오르는 이름이었다.

오늘따라 그리움이 더 짙게 밀려왔다.

집 앞에 도착해 아쉬운 마음에 벚꽃나무를 배경으로 사진을 찍었다.

휴대폰 화면 가득 분홍빛 벚꽃이 담겼다.

낭만이 가득한 순간.

이 순간이 오래 남길 바랐다.

방에 들어와 멍하니 침대에 앉아 있다가 따뜻한 물로 샤워를 하고 다시 침대에 누워 천장을 바라봤다.

오늘은 힘든 하루였지만, 벚꽃을 바라보며 잠시나마 낭만을 느꼈고 그 순간만큼은 청춘의 한가운데에 있다는 걸 실감했다.

가끔은 이렇게 사소한 낭만에 사로잡혀 온전히 그 순간을 즐기는 것도 청춘이기에 가능한 특권임을 깨달았다.

지금, 이 순간이 언젠가 돌아보면 인생에서 가장 아름답고 빛나는 시절이었음을 오래도록 기억하고 싶다.

'인생에서 가장 아름답고 행복한 순간.' 다시 돌아오지 않을 황금기,

그리고 그 덧없음까지 함께 담고 있다.

지금, 이 순간을 소중히 여기고 나만의 낭만을 만들어 가

는 것

그것이 바로 내 인생의 절정일 것이다.

4장 홀로서기

낯선 창가에 머문 바람

새로운 입구, 새로운 방, 새로운 가구. 자취를 시작했다.

집 구조부터 집 안의 모든 것이 새로웠다.

조용한 공간. 내가 혼잣말을 하거나 동영상을 보지 않는 이상, 집 안은 고요했다.

아늑함 속에 스며드는 허전함. 엄마와 함께 살 때도 혼자 있는 시간은 있었지만,

이제는 이 고요함이 앞으로의 일상이란 생각에 마음 한구

석이 텅 빈 듯했다.

괜히 화장실 문을 열었다 닫고, 옷장도 한 번 열었다 닫고, 침대에 털썩 앉았다.

이불이 바스락거리는 소리가 잠깐 들리더니 다시 정적이 찾아왔다.

답답함을 떨치려 창문을 열었다.

차가운 바람이 얼굴을 스치고, 구름 한 점 없는 푸른 하늘이 눈에 들어왔다.

햇빛은 건물 창문에 반사되어 반짝였고, 아래로는 꽃과 나무들이 화사하게 피어 있었다.

바람에 나뭇잎이 흔들리고 나는 창가에 기대어 봄바람을 맞으며 잠시 눈을 감았다.

창문을 열어 둔 채 새집 정리를 시작했다.

옷을 옷걸이에 하나하나 걸고, 엄마가 챙겨준 반찬을 냉장고에 차곡차곡 넣었다.

청소를 마치고 나니 배가 고파 간단히 밥과 햄만으로 식사를 했다. 고생 끝에 먹는 밥 한 끼가 엄청 맛있었다.

설거지를 하고 씻고 나오니 창밖은 이미 어둑했다.

창문을 닫고 포근한 이불 속에 들어가 불을 끄고 일찍 잠에 들었다.

주말 아침, 시끄러운 알람에 눈을 떴다. 햇살이 창문 사이로 들어오고, 놀이터에서 뛰노는 아이들, 나무 사이로 들려오는 새소리.

분주히 씻고 아침을 먹은 뒤 알바에 나섰다.

카페에서 주말 아침부터 몰려드는 손님들에 정신없이 일하다 처음으로 주문 실수를 했다.

한 번도 없던 실수에 당황하고 음료를 다시 만들며 머릿속이 하얘졌다.

실수가 반복되자 스스로에게 실망감이 들고, 집으로 돌아오는 길 향수도 사지 못한 채 한껏 우울해졌다.

조용한 방 안, 허전함이 더 크게 다가왔다.

문득, 이도현이 보고 싶었다.

실수하고 속상하면 누군가가 그리워지는 마음.

아직은 모든 게 서툴고, 어른이라기엔 부족한 내 모습이 왠지 어린아이처럼 느껴졌다.

잠깐이라도 모든 게 낯설고 두려웠던 작년의 청춘으로 돌아가고 싶었다.

그땐 실수쯤은 웃어넘길 수 있었는데 지금은 혼자서 모든 걸 감당해야 했다.

홀로 푸르다는 뜻처럼, 모든 것이 변해도 나는 나만의 색을 지키며 조용히, 그러나 꿋꿋하게 푸르게 살아가야 한다는 것을 오늘 다시 한번 마음에 새겼다.

비록 혼자지만, 나는 나만의 방식으로 조용히, 푸르게 내 삶을 지켜 나갈 것이다.

꿈에서조차 너는 나를 알아봤다

4장 좋아서

요즘 따라 이상하게 생생한 꿈을 자주 꾼다.

그중 가장 기억에 남는 건, 이도현이 나를 알아보던 꿈이었다.

어딘가 익숙하면서도 낯선 풍경 속에서, 나는 길을 잃은 사람처럼 멍하니 서 있었다.

사람들이 바삐 오가는 거리, 어디선가 피아노 소리가 잔잔히 들려오고 나는 꿈속에서도 나 자신이 조금은 흔들리고 있다는 걸 느꼈다.

그때 저 멀리서 누군가 내 이름을 불렀다.

"시은아."

익숙한 목소리, 따뜻한 눈빛.

이도현이었다.

나는 말없이 그를 바라봤고, 그는 아무렇지도 않게 내 손을 잡아 이끌었다.

"괜찮아. 여긴 내가 아는 길이야."

꿈속에서는 너무 당연하고 자연스럽게, 그의 손을 따라 걸었다.

그 손은 현실보다 더 선명하고 따뜻하게 느껴졌다.

말을 많이 하지 않았지만, 우리는 마치 오래전부터 이 거리에서 함께 걷던 사람들 같았다.

꿈에서 깨어나니 새벽 4시.

불 꺼진 방 안에서 가슴이 조금 먹먹했다.

현실에서는 하지 못한 말, 꺼내지 못한 감정이

어쩌면 내 무의식 속에 이렇게나 진하게 남아 있는 걸까.

나는 핸드폰을 들고, 잠시 메시지 창을 바라보다 아무 말 없이 다시 내려놓았다.

꿈속에서는 그렇게 자연스럽게 안부를 주고받았지만, 현실은 여전히 조심스럽기만 했다.

하지만 묘하게도, 그날 하루는 덜 외로웠다.

꿈에서라도 나를 알아보는 사람이 있다는 사실이,

아무 말 없어도 내 마음을 조금은 따뜻하게 만들어 주었다.

기억보다 선명한 순간

일 년 전의 추억이 하나둘 떠오르면서 그 곁에 항상 있던 이도현이 유난히 그리워졌다.

마음이 복잡해진 나는 휴대폰을 집어 들고 메시지 창에서 이도현의 이름을 찾았다.

몇 번이고 말을 적었다가 지우기를 반복하며 단 한 마디를 보내는 데도 머뭇거렸다.

읽힐지조차 알 수 없는 메시지,

그 한마디에 몇 분을 고민하다 결국 휴대폰을 끄고 침대에 누웠다.

연락할 용기가 나지 않았다.

'오늘의 이 고민도, 내일이 되면 아무것도 아닐 수 있겠지.'

스스로를 달래며 커튼을 치고 불을 끄고, 잠을 청해 보려 했지만

마음은 좀처럼 가라앉지 않았다.

결국, 다시 휴대폰을 들고 이번에는 망설임 없이 메시지를 입력했다.

"뭐 하고 지내?"

보내고 나서 후회가 밀려왔다.

너무 평범하고 어색한 인사, 헤어진 연인처럼 미련이 남은 말투 같았다.

하지만 다시 고쳐 써도 달리 쓸 말이 떠오르지 않았다.

쪽팔림은 나중 일이라며 휴대폰을 꺼두고 주방으로 향했다.

아침부터 힘들게 일했던 탓에 엄마가 준 반찬과 계란말이로 밥을 먹었다.

긴장이 풀리자 피곤함이 몰려와 씻고 나와 그대로 잠에 들었다.

눈을 떠보니 벌써 11시.
알림을 확인하다가 정신이 번쩍 들었다.
꿈인가 싶어 눈을 비비고, 손등을 꼬집어도 분명히 이도현의 답장이 도착해 있었다.
멍하니 화면만 바라보다 메시지 창으로 들어가 이도현의 답장 시간을 확인했다.
오늘 아침이었다.
나도 형식적으로 "나도 잘 지내."라고 답했다.
진짜 잘 지내는지 모르겠지만 지금은 그게 중요하지 않았다.
이도현과 만날 날짜를 잡는 게 더 간절했다.

갑자기 만나자고 하면 어색할까 자연스럽게 대화를 이어갔다.
뭐 하고 지내는지, 학교생활은 어떤지, 이런저런 이야기를 나누다 조심스럽게 "한 번 만나자."라고 말했다.

답장을 기다리는 동안 온갖 생각이 머릿속을 스쳤다.

거절당하면 어쩌지, 혹시나 어색해지면 어쩌지. 초조한 마음으로 기다리던 중 이도현의 답장이 도착했다.

"그래."

속으로 환호성을 질렀다.

그렇게 우리는 다음 주 일요일에 만나기로 약속했다.

일주일이 빠르게 흘렀다.

이도현을 만난다는 생각에 모든 일이 술술 풀리는 듯했다.

드디어 약속한 날, 알람보다 먼저 눈을 뜨고 기분 좋게 기지개를 켰다.

환기를 시키고, 양치질을 하며 콧노래를 흥얼거렸다. 옷장을 열어 여러 벌을 꺼내 거울 앞에서 신중하게 골랐다.

빨간 체크 셔츠와 청바지,

그리고 새로 산 레몬향 향수를 뿌렸다. 머리를 정돈하고 설레는 마음으로 집을 나섰다.

버스에서 내려 공원으로 향하는 길, 심장은 점점 더 빠르게 뛰었다.

약속 장소에 가까워질수록 떨림이 커졌다.

공원에 도착하니 언제나처럼 이도현이 먼저 와 있었다.

나는 숨을 고르고 조심스럽게 다가가 인사를 건넸다.

4장 좋아서

읽지 않은 말들

"잘 지내?" 그리고, 아무 답도 없는 채 읽지 않음.

그 메시지를 보내고 나서 몇 시간, 아니 며칠째 그대로였다.

처음엔 켜 뒀던 알림이 무심히 지나친 흔적이려니 생각했다.

다음엔 바쁜 하루 속에 잠시 잊은 걸지도 모른다고 위로했다.

하지만 시간이 흐를수록 그저 읽히지 않은 말 한 마디가 이렇게 오래 마음에 남을 줄은 몰랐다.

마음을 눌러 담아 쓴 문장도 있었고, 그저 짧은 인사만 적었던 날도 있었다.

"오늘 비 와. 감기 조심해.", "방금 너 생각났어."

하나도 보내지 못하고 몇 번이고 지우기만 했다. 그래서 내 폰엔 전송되지 않은 말들이 대화창 아래 조용히 남아 있었다.

보내지 못한 말, 받지 못한 말. 그리고 서로 닿지 못한 마음.

이 모든 걸 다 안고도 나는 여전히 같은 창을 바라보고 있었다.

에필로그

인연이 있다면,
멀리 있어도 다시 만난다

"안녕."

내가 봐도 어색한 인사였다.

어색하게 손을 흔드니, 이도현도 미소를 지으며 인사했다.

고작 몇 달 못 봤을 뿐인데 이도현은 한결 성숙해져 있었다.

나만 제자리에 머문 것 같고, 이도현은 누가 봐도 어른이 되어 있었다.

달라진 이도현 앞에서 나는 괜히 작아져 아무 말도 못 하고 서 있었다.

내가 먼저 만나자고 해 놓고도 입이 떨어지지 않아 답답했다.

그 어색한 공기를 먼저 깨준 건 이도현이었다.

자연스럽게 다가와 함께 공원을 걷기 시작했다. 걸으면서 이런저런 이야기를 나누다 보니 조금씩 어색함이 사라졌다.

그동안 어떻게 지냈는지, 재밌었던 일, 힘들었던 일, 서로의 일상을 더 깊이 들을 수 있었다.

이도현이 자신의 이야기를 마치고 이제는 내 이야기를 들려달라는 듯 나를 바라봤다.

나도 내 이야기를 꺼냈다.

어떻게 지냈고, 어떤 일에 웃었고, 어떤 일에 속상했는지 솔직하게 털어놨다.

서로의 이야기에 함께 웃고, 때론 탄식하며 시간 가는 줄 모르고 이야기를 이어갔다.

벤치에 앉아 한참을 더 얘기했다.

이도현과 함께 있으면 시간이 정말 빠르게 흘러간다.

노을이 지고, 곧 헤어져야 한다는 생각에 아쉬움이 밀려왔다.
아쉽다고 하자, 이도현은 "자주 만나면 되잖아."라며 웃었다.

차로 한 시간이면 만날 수 있으니 시간 나는 주말마다 보면 된다는 말에 조금은 마음이 가벼워졌다.

헤어지기 전까지할 말이 끊이질 않았다.

어둠이 내리고, 이제 진짜 작별 인사를 나눴다.

한 달 안에 다시 만나자고, 연락도 자주 하자고 약속한 뒤 나는 집으로 가는 버스에 올랐다.

버스 안은 조용했고, 창밖엔 어둠이 내려앉았다.

창문에 머리를 기대고 아까 나눴던 대화들을 곱씹었다.

어른이 된 후의 이야기,

그리고 오늘도 어김없이 청춘에 관해 이야기했다.

우리가 친해진 계기도 결국 '청춘'이었다.

학창 시절의 청춘을 제대로 즐기고 싶었던 우리,
서로 덕분에 그 시간을 온전히 누릴 수 있었다.

어른이 된 지금,
청춘은 여전히 우리 곁에 있었다.
청춘과 어른의 경계에서 이도현이 했던 말이 떠올랐다.

**"청춘에 완벽한 건 없어. 다 미숙하니까 청춘인 거지. 결국
엔 이 미숙함마저 추억이 될 거야."**

이 말이 유난히 마음에 남았다.
어른이라고 완벽할 필요는 없었다. 아직은 미숙해도 괜찮
았다.
실패해도 좋고, 방황해도 괜찮았다.
이 나이를 자유롭게 누려도 된다는 걸,
힘든 날만큼이나, 행복한 날도 많을 거라는 걸,
이제는 믿을 수 있었다.

앞으로의 청춘도 이 낭만을 간직하며 살아가고 싶다.
밝기만 한 청춘이 아니라, 때로는 어둡고, 종종 서툴러도 그 모든 순간은 결국 나만의 소중한 추억이 될 테니까.

언젠가 청춘을 돌아보는 날이 오면
오늘의 이 미숙함과 설렘,
그리고 이도현과의 인연이 가장 빛나는 장면으로 남아 있을 것이다.

그 여름이 끝나고, 우리는 각자의 길로 돌아갔다.
하지만 여름은 늘 다시 오듯, 우리의 인연도 언젠가 다시 이어질 거라 믿는다.

덜 익었기에, 더 빛날 수 있었던 그 계절.
우리는 그 속에서 충분히 뜨거웠고, 아름다웠다.